# 文论

文化百科

## 文学评论经典

郭艳红　编著　胡元斌　丛书主编

汕頭大學出版社

**图书在版编目（CIP）数据**

文论：文学评论经典 / 郭艳红编著. -- 汕头：汕
头大学出版社，2015.2（2020.1重印）
（中国文化百科 / 胡元斌主编）
ISBN 978-7-5658-1627-7

Ⅰ. ①文… Ⅱ. ①郭… Ⅲ. ①中国文学－文学评论
Ⅳ. ①I206

中国版本图书馆CIP数据核字(2015)第020752号

## 文论：文学评论经典    WENLUN: WENXUE PINGLUN JINGDIAN

编　　著：郭艳红
丛书主编：胡元斌
责任编辑：宋倩倩
封面设计：大华文苑
责任技编：黄东生
出版发行：汕头大学出版社
　　　　　广东省汕头市大学路243号汕头大学校园内　邮政编码：515063
电　　话：0754-82904613
印　　刷：三河市燕春印务有限公司
开　　本：700mm×1000mm 1/16
印　　张：7
字　　数：50千字
版　　次：2015年2月第1版
印　　次：2020年1月第2次印刷
定　　价：29.80元
ISBN 978-7-5658-1627-7

# 前 言

中华文化也叫华夏文化、华夏文明，是中国各民族文化的总称，是中华文明在发展过程中汇集而成的一种反映民族特质和风貌的民族文化，是中华民族历史上各种物态文化、精神文化、行为文化等方面的总体表现。

中华文化是居住在中国地域内的中华民族及其祖先所创造的、为中华民族世世代代所继承发展的、具有鲜明民族特色而内涵博大精深的传统优良文化，历史十分悠久，流传非常广泛，在世界上拥有巨大的影响。

中华文化源远流长，最直接的源头是黄河文化与长江文化，这两大文化浪涛经过千百年冲刷洗礼和不断交流、融合以及沉淀，最终形成了求同存异、兼收并蓄的中华文化。千百年来，中华文化薪火相传，一脉相承，是世界上唯一五千年绵延不绝从没中断的古老文化，并始终充满了生机与活力，这充分展现了中华文化顽强的生命力。

中华文化的顽强生命力，已经深深熔铸到我们的创造力和凝聚力中，是我们民族的基因。中华民族的精神，也已深深植根于绵延数千年的优秀文化传统之中，是我们的精神家园。总之，中国文化博大精深，是中华各族人民五千年来创造、传承下来的物质文明和精神文明的总和，其内容包罗万象，浩若星汉，具有很强文化纵深，蕴含丰富宝藏。

中华文化主要包括文明悠久的历史形态、持续发展的古代经济、特色鲜明的书法绘画、美轮美奂的古典工艺、异彩纷呈的文学艺术、欢乐祥和的歌舞娱乐、独具特色的语言文字、匠心独运的国宝器物、辉煌灿烂的科技发明、得天独厚的壮丽河山，等等，充分显示了中华民族厚重的文化底蕴和强大的民族凝聚力，风华独具，自成一体，规模宏大，底蕴悠远，具有永恒的生命力和传世价值。

在新的世纪，我们要实现中华民族的复兴，首先就要继承和发展五千年来优秀的、光明的、先进的、科学的、文明的和令人自豪的文化遗产，融合古今中外一切文化精华，构建具有中国特色的现代民族文化，向世界和未来展示中华民族的文化力量、文化价值、文化形态与文化风采，实现我们伟大的"中国梦"。

习近平总书记说："中华文化源远流长，积淀着中华民族最深层的精神追求，代表着中华民族独特的精神标识，为中华民族生生不息、发展壮大提供了丰厚滋养。中华传统美德是中华文化精髓，蕴含着丰富的思想道德资源。不忘本来才能开辟未来，善于继承才能更好创新。对历史文化特别是先人传承下来的价值理念和道德规范，要坚持古为今用、推陈出新，有鉴别地加以对待，有扬弃地予以继承，努力用中华民族创造的一切精神财富来以文化人、以文育人。"

为此，在有关部门和专家指导下，我们收集整理了大量古今资料和最新研究成果，特别编撰了本套《中国文化百科》。本套书包括了中国文化的各个方面，充分显示了中华民族厚重文化底蕴和强大民族凝聚力，具有极强的系统性、广博性和规模性。

本套作品根据中华文化形态的结构模式，共分为10套，每套冠以具有丰富内涵的套书名。再以归类细分的形式或约定俗成的说法，每套分为10册，每册冠以别具深意的主标题书名和明确直观的副标题书名。每套自成体系，每册相互补充，横向开拓，纵向深入，全景式反映了整个中华文化的博大规模，凝聚性体现了整个中华文化的厚重精深，可以说是全面展现中华文化的大博览。因此，非常适合广大读者阅读和珍藏，也非常适合各级图书馆装备和陈列。

# 目 录

## 文学理论论著

# 诗词理论论著

# 文学理论论著

在我国漫长的历史岁月里，在广袤的神州大地上，出现了许多伟大的、优秀的作家，他们创作出大量的珍贵文学作品。

随着文学形式不断创造、融合、更新与超越，文学流派和内容的扩充，自魏晋以来，出现了一系列文学批评与文学理论著作。比如《典论》是最早的文艺理论批评专著。著名的还有《文赋》、《文心雕龙》、《闲情偶寄等》。

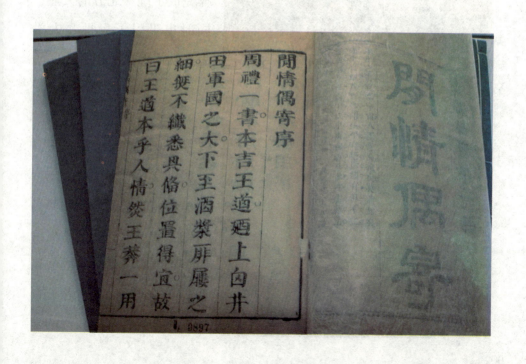

# 政治与文化论著——典论

东汉末年，在群雄逐鹿中原的征战兼并中，魏王曹操完成了统一北方的大业，同时也吸引了大批文人学士，从而形成了以曹氏父子为核心的文人集团。

曹丕是曹操与卞夫人的长子，从小在军营中长大。他跟随父亲南征北战，8岁就已经能够提笔为文和骑马射箭了，并且在身为政治家、军事家、文学家的父亲曹操的影响下，对诸子百家、古今经传都有较深的学

习研究。

　　按理说，曹操的长子曹昂早死军中，本应立曹丕为世子。但是，曹操是一个很重视人才的人，作为曹操的儿子，没有才华是得不到赏识的，更谈不上立为世子了。何况曹操还有众多在各方面才能出色的儿子，如三子曹彰擅长带兵，四子曹植在文学上表现非凡。

　　曹操在立谁为世子这个问题上，一直犹豫不决。他打心底里喜欢才华出众、激情澎湃的曹植。他也曾经多次试验过曹植是否真有才华，每次曹植都能出口成章、下笔成文。

　　于是，曹操就准备将曹植立为世子，但是不少手下官员都反对说：“自古以来，王位理应传给长子，若传给次子的话将会引起混乱不安。”曹操听了，觉得也有道理，就暂时把这事搁了下来。

作为理应接任世子位的曹丕，当然于心不甘，当他听说父亲有立弟弟曹植为世子的想法之后，他便想尽办法要在父王面前表现自己。

当曹操想确立世子的消息传出以后，许多官员幕僚都认为曹植和曹彰的机会比较大，于是纷纷投靠到曹植和曹彰门下。

为了获得父亲曹操的重视，曹丕跑到父亲面前痛哭流涕。曹操就问："别人都在为争夺世子位置进行准备，你却为何跑到我这里哭泣啊？"

曹丕说："父王，我对世子的位置不像他们那么感兴趣，而是为了您和国家感到难过啊！"

曹操问："这话怎么说啊？"

曹丕说："父王要立世子，说明父王年龄大了，身体越来越不好了，在为自己以后的事做准备了，可是父王不在了以后，我们这个国家靠谁来治理啊！我们怎么能担负起这么大重担啊？"

曹丕一席话说得曹操老泪纵横，更觉得曹丕的孝心可贵。曹操当时认为，别的儿子都在为世子位置争得你死我活的时候，曹丕却能反过来想到父亲的身体，说明他十分重情重义。儿子能够想到父亲离开人世后这个国家如何治理的问题，说明他有政治远见。从此，曹操开始重视曹丕了。

又有一次，曹操带领大军出征，儿子们都前来送行。曹植首先来到曹操的马前说："父王就要外出征战了，儿子不能伴随左右，为了预祝父王凯旋，我特意作了一首诗。"

接着，曹植当着众人的面给父亲吟诵了一首他自己作的诗。大家听完齐声喝彩，曹操听了也很高兴，夸奖曹植诗作得好。

这时，大家看到曹彰早已披盔上甲，一副誓死追随父亲的样子，他上前请求和曹操一起外出征战。大家纷纷称赞曹彰忠勇的精神。

在这时候，传来一阵哭声，大家扭头一看，原来是曹丕。曹操心里很不高兴，心想：我这刚要出征，你却在这里哭，不吉利！于是让人将曹丕叫来问他哭什么。

只见曹丕过来拜见父亲后，泪流满面地说："父王就要出征了，这一去少则三五月，多则一年，父王不在时，谁来教诲我们啊？而且今后很长时间不能和父王共享天伦之乐，因此很是伤心。"

曹操一听，禁不住被儿子的孝心感动了，于是百感交集，忍不住也流下了眼泪。

渐渐地，曹操觉得曹植虽有才华，但不及曹丕宽厚仁慈，再加上一些官员在曹操面前替曹丕说好话，因此，曹操就有立曹丕为世子的想法了。217年，曹操发布命令，立曹丕为魏王世子。

在文学上曹丕也具有相当的成就，他曾经写下了《燕歌行》等优秀七言诗，但是，他无论是才气还是名气，都比不上弟弟曹植。于是在他被立为世子后，他觉得自己的政治地位虽然稳定了，但还要写些文学性的东西来显示自己的才华。

曹丕在立为世子之前，就参与文坛事务。他深知建安以前，文学受经学的束缚，少有独立的地位。此时盛极一时的汉赋，也竟被西汉著名学者扬雄斥之为"童子雕虫篆刻。"曹丕的弟弟曹植也认为："辞赋小道，固未足以揄扬大义、彰示来世也。"

曹植在他所写的《与杨德祖书》中，他就提出要把写文章与对生命个体的自身价值思考联系起来。据此，曹丕号召作家要以古代圣贤"不以隐约而弗务，不以康乐而加思"为榜样，努力改变"贫贱则慑于饥寒，富贵则流于逸乐"的精神状态，培养自己具有一种超功利的审美心态。

然而，曹丕也自有一套文学主张，他已经赋予文学这一"不朽"语言符号以崭新的现实含义和历史意义，充分表现了他的远见卓识，也是当时文学趋向自觉的深刻表现。

如今，曹丕当了世子，他有了实现自己抱负的机会和能力。为了把握全国文学发展的方向、张扬自己的文学观点，他开始精心撰写学术著作，并将他的著作取名叫《典论》。

书成后，曹丕便召集了许多儒士到肃城门内，亲自讲解《典论》

的大义。曹丕侃侃而谈，丝毫不觉得疲倦，深入浅出地阐述他的文学主张。

《典论》共有5卷20篇。所谓"典"，有"常"或"法"的意思。《典论》主要是指讨论各种事物的法则，在当时被视为规范文人言行的法典。篇目都是以两个字命题的，如《奸谗》、《内诫》、《酒诲》、《自叙》、《论文》等。这是两汉以来的通则。

曹丕的《典论》是一部有关政治、文化的光辉论著，但是，《典论》后来大都失传了，只有《自叙》、《论文》、《论方术》3篇遗存了下来。其中的《论文》因被选入《昭明文选》才得以完整保存了下来。

《典论·论文》是一篇非常重要的文论著作，在我国古代文学理论批评史上具有划时代的意义。

《典论·论文》是我国文学批评史上第一篇专题论文，所论的"文"是广义上的文章，也包括文学作品在内，涉及了文学批评中几个很重要的问题，在文学批评史上起了开风气的作用。

曹丕在《典论·论文》中提出了4点：一是文学具有重要的功用；二是作家个性和作品风格有关；三是不同文体有不同的特点、标准；四是文学批评应有正确态度。

曹丕反对自古以来"文人相轻"的积习，他用"审己以度人"的态度，分别指出了"建安七子"在各体文章创作上的长处和短处。为什么这些作家会各有长短呢？曹丕也作了进一步探讨。

曹丕认为，作家独特的个性对作品风格具有决定的意义，表现在文学作品中自然禀赋、个性、气质也不同，这体现了魏晋时期"人的自觉"和"文的自觉"的时代精神。

曹丕在《典论·论文》里，把文学提高到与传统经典相等的地位。他还鼓励文人要积极创作，希望他们不要"遂营目前之务，而遗千载之功"，这是很有远见的。这一论点集中而鲜明地表现了建安时

代作家创作的自觉精神，对当时的文学发展起到了一定的促进作用。

　　曹丕不是单纯根据个人主观爱憎来评论文章，而是有意识地去探索并希望解决文学发展中的一些共同问题。尽管他对这些问题作的答案还比较简单，但是他启发了后来文学评论家们继续探索解答这些问题。他的这些观点，标志着我国古代文学批评进入了一个新的时期。

　　后来，曹丕的儿子魏明帝曹睿还把《典论》刻在石碑上，并立于庙门外和洛阳太学内，供人阅读，对后世产生了深远的影响。

### 拓展阅读

　　曹丕诗歌的最高成就是《燕歌行》。那是在曹操北征三郡乌桓期间，曹丕采用乐府体裁，开创性地以句句用韵的七言诗形式写作，是最早、最完整的七言诗。

　　《燕歌行》从"思妇"的角度，反映了东汉末年战乱流离的现状，表达出被迫分离男女内心的怨愤和惆怅。全诗用词不加雕琢，音节婉约，情致流转，被明末清初伟大的思想家、文学家、史学家兼美学家王夫之盛赞为：倾情，倾度，倾色，倾声，古今无两。

# 第一部文学论著——文赋

三国时期，吴国有一个显赫的贵族世家，其祖父陆逊是东吴丞相，父亲陆抗是东吴大司马，文武兼备。这家再添了一个男丁，取名叫陆机。

陆机自幼秉承家训，接受了良好的教育熏陶，他精于诗文，工于书法，还擅长武术。他不仅才华出众，而且相貌堂堂。史书《晋书·陆机传》记载说：

> 机身长七尺，其声如钟。少有异才，文章冠世，伏膺儒术，非礼不动。

晋太康年间的280年，在陆

机20岁时，晋武帝灭掉了吴国，陆机的哥哥陆晏、陆景都在战争中死去了，陆机和弟弟陆云也被俘了，后来被流放到了安徽的寿县。

第二年，晋武帝见陆机、陆云兄弟年少而富有才学，便动了恻隐之心，就释放了他们，还让他们回到了故乡华亭的昆山。

这个华亭昆山，后来叫小昆山。陆机和弟弟陆云简单修葺了位于华亭昆山北山脚下的陆家旧宅，并在东北坡修筑了一个读书台。从此，他们兄弟二人在这个景色秀美、远离尘嚣的地方潜心攻读，诗文

唱和，度过了10个春秋。

在这10年中，陆机兄弟俩博览群书，完成了知识的升华和艺术的锤炼。特别是陆机，他在遍读古今文章时发现了新的问题。

原来自汉武帝"罢黜百家，独尊儒术"之后，儒家的文艺观点占了主导地位，当时遵循的是孔子论诗教的理论。到了魏晋时期，文学的地位日益提高，而且把文学创作提高到了"经国之大业，不朽之盛事"的高度。并出现了"建安七子"、"竹林七贤"，文人辈出，以致

形成了"魏晋风度"。

处于这样的文学氛围之中，陆机对整个社会进行深深思考，并决定写一本书，用他的文学实践体会，描述和分析创作的心理特征和过程，表达他的美学美育思想。他把自己的作品取名为《文赋》。

陆机的《文赋》出现，正是文学摆脱经学附庸地位而得到独立发

展之后，是在大量创作实践基础上产生的理论结晶。

　　《文赋》首次把创作过程、写作方法、修辞技巧等问题提上了文学批评的议程。《文赋》全文以赋的形式写成，全文1700多字，包括序文共20段，每段分论一个中心问题，综合起来主要包括：文章的起源，文章的构思，文章的写作，写作构思中的灵感问题，各种问题的

特点，文章的毛病，文章的社会作用。

在《文赋》中，陆机提出，情感是文学创作冲动的来由和起点。在艺术想象过程中，许多心理活动交织在一起，情、理、物象，文辞纷至沓来，所要创造的艺术形象也愈加清晰鲜明。在这个过程中，作者的情感起着重要的作用，正所谓"思涉乐其必笑，方言哀而已叹"。

在《文赋》中，陆机充分肯定了艺术想象的作用，认为在构思阶

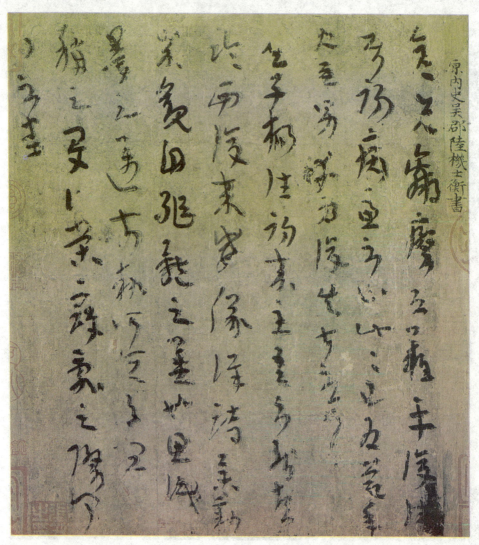

段，则"收视反听，耽思傍讯，情骛八极，公游成仞"，"观古今于须臾，扶四海于一瞬"，"笼天地于形内，挫万物于笔端"，表明作者在创作过程中完全沉入艺术想象过程中。

陆机还强调灵感在文学创作中的作用，他指出艺术创作成就的取得同灵感有密切关系。他认为灵感具有"来不可遏，去不可止"，"或竭情而多悔，或率意而寡尤"的特征。

在《文赋》中，陆机将文体分为10种，诗、赋、碑、诔、铭、箴、颂、论、奏、说，并对这10种文体从内容和形式进行了论述。

陆机提出的"诗缘情而绮靡"主张，具有开一代风气的重大意义。他只讲缘情而不讲言志，起到了使诗歌的抒情不受"止乎礼义"束缚的巨大作用。

在《文赋》中，陆机不仅研究了各种文体的风格特色，而且还从理论上总结了风格的多样化及其形成原因，对创作过程中的具体表现技巧等问题也作了很多的分析。

在结构和布局方面，陆机强调必须恰

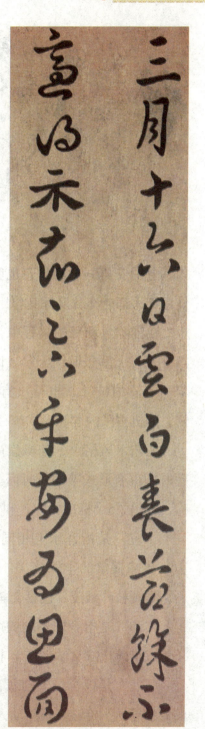

如其分地安排好意和辞，也就是所谓"选义按部，考辞就班"。务必使意和辞都能充分发挥其作用，使"抱景者咸叩，怀响者毕弹"。

在铺陈意和辞的过程中，陆机十分重视意的主导作用，"理扶质以立干，文垂条而结繁"。以内容为主干，以文辞为枝叶。但是没有华丽丰满的枝叶，也就没有生气，只有枯树干也不能成为一棵活的树。陆机主张内容和形式统一，情貌一致。

在艺术风格上，陆机崇尚华丽之美，强调"丽辞"。这反映了六朝时期讲究形式美的新时尚。对文学作品的艺术美，陆机以音乐作比喻，提出了5个标准：应、和、悲、雅、艳。

"应"是指音乐上相同的声音、曲调之间相互呼应构成的音乐美，比喻文学的丰赡之美。他认为文学作品应如众弦成曲、众色成彩，做到枝叶繁茂、色彩交辉，而不是偏弦孤唱、独帛单彩。

"和"是指音乐不同的声音、曲调之间相互配合而构成的和谐音乐美，借此比喻文学创作上丰赡之美要和刚健的骨气相配合。

"悲"是以音乐上的悲音来比喻文学创作要能充分体现鲜明强烈的爱憎感情，能够真正感动人。

"雅"是指和新声、郑声相对立的音乐，指格调纯正。陆机所说的"雅"，主要是指比较广泛意义上的纯正格调之意，而不赞成那种"或奔放以谐合，务嘈囐而妖冶"的轻浮格调。而且陆机本人对"新声"十分重视，而且积极提倡。

"艳"是提倡诗要艳丽，具有很高的艺术美。这是陆机文艺思想中反映时代特点的重要表现，也是他突破儒家传统美学思想的重要表现。

可以说，陆机在一定程度上概括了整个艺术创作思维的规律，对创作过程中的具体表现技巧问题也作了很多分析。因此，《文赋》是我国古代研究文学创作特点的最早的一篇专论，在美学史上有重要的意义和价值。

《文赋》对六朝文学理

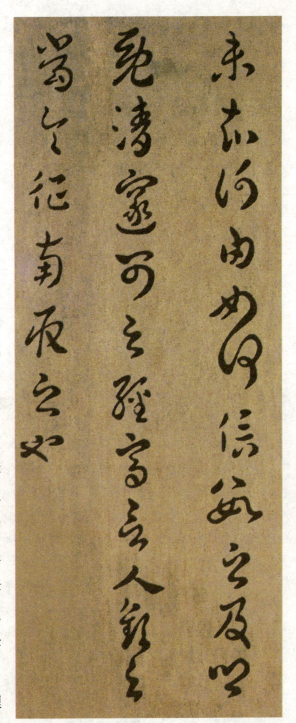

论批评发展影响极大，不仅后来刘勰的《文心雕龙》是对陆机的全面继承和发展，而且后来文学理论家挚虞、李充的文体论，沈约等人的声律论，萧统《文选》中的文学观念等，都是在陆机思想的影响下，从某一方面的进一步发展。

陆机的《文赋》可谓是旷世佳作，是我国文学史上第一篇完整地、系统地全面论述创作的文学理论作品，对后世具有重大的影响。

## 拓展阅读

在陆机所在的时代，有一篇著作叫《三都赋》，当时有好多人都在写，包括陆机。这些人中有一个叫左思的寒门文人也在写《三都赋》，分别是《吴都赋》、《魏都赋》、《蜀都赋》。这些赋实际上不只是写3个都城，而是写吴、魏、蜀3个国家的概况。

陆机对此很不以为然。当左思历时10年，完成了这本《三都赋》时，豪贵之家，竞相传写，洛阳为之纸贵。陆机看完左思写的《三都赋》之后赞叹不已，于是，将自己的《三都赋》手稿烧掉，以示辍笔。再后来便有"洛阳纸贵"和"陆机辍笔"的典故。

# 文学理论专著——文心雕龙

在南朝梁武帝在位时的467年，京口有一个刘姓的人家里诞生了一个男孩，父亲给他起名叫刘勰。

刘勰少年时就喜欢学习，富于想象，志向高远。在刘勰7岁那年，有一天他梦见一朵五彩祥云，就像锦缎一样色彩鲜丽，在梦中，他便爬上去把这片美丽的祥云采了下来。

然而，现实中却没有这么美妙，刘勰8岁时，不幸的事情发生了，他的父亲在建康平叛战役中牺牲了。在母亲的陪伴下，刘勰刻苦攻读，立志将来成为国家的栋梁之材。可是，在他20岁时，母亲也去世了。

　　刘勰为母亲守孝3年后，他离开了家乡，来到京师建康——就是现在的南京——谋求生计。在陌生的建康城里，举目无亲，初入京师的刘勰每天只好奔走于父亲在世时的好友之中，乞求得到推荐，给他一个可以为国家效劳的机会。但是，茫茫人海，谁会举荐一个孤儿呢？

　　没有在京师谋得一官半职的刘勰，只好走进了钟山定林寺，投靠了当时非常著名的高僧僧佑，在那里学习佛经和儒家经典。寺庙的生活是清净的，这对刘勰来说，正是博览群书的大好时光。

　　在当时，钟山定林寺是全国两大藏经处之一，定林寺所收藏的经典书籍之多是天下闻名的。僧佑和尚把整理佛经的任务交给了刘勰担当。刘勰因此成了定林寺佛教古籍整理的执行主编。

　　刘勰在定林寺一待就是十几年，他在帮助僧佑大规模地整理佛经时，也丰富了自己的学识，最终成了博通经论的学者。

　　在刘勰30岁的时候，有一天，他又做了一个梦，梦见自己手捧着红色的祭祀礼器，像儒家创始人孔子的弟子那样，跟着孔子飘飘忽忽地往南走。醒来，刘勰觉得这个梦是圣人孔子给他的启示，希望他发扬光大儒家思想。

　　刘勰深受儒家思想的影响，他有着"君子处世，树德建言"的鸿鹄之志。他认为，作为儒家君子，要么从政当官，恩泽百姓，要么就要著书立

说，以垂教后世。

自从做过这个梦后，刘勰便决定用自己的学识来宣扬孔子的思想，报答孔子对他的期望。

在刘勰生活的那个时代，弘扬儒学最好办法就是注释儒家的经典。但刘勰觉得自己在这方面的能力，是超不过汉代的大儒马融和郑玄的，于是就打消了这个念头。

这一时期的文章体制逐渐败坏，有些作家只注意追求辞藻华丽而忽视了文章内容。为了纠正这种不正文风，刘勰决定以写论文的方式，来论述有关写作的问题。

在当时，文学论文也有很多，像曹丕的《典论》、陆机的《文赋》、挚虞的《文章流别论》以及李充的《翰林论》等。这些文章虽然写得都很好，但不是太少，就是太简略，很难让人知道写文章的全部奥秘。于是，32岁的刘勰，开始构建自己宏大而缜密的文章论述体系。

在定林寺十多年青灯黄卷的时光中，刘勰广学博识各种文籍，为

他积淀了著书立说能力，厚积而薄发，他充分利用一切时间，发奋著述。经过五六年时间的辛勤写作，在501年的春夏之间，刘勰完成了3.7万多字的文学评论巨著《文心雕龙》。

《文心雕龙》写成之后，虽然也在文人之间传阅，但并没有受到人们的重视。刘勰深知这本书的学术价值，他希望当时的文坛领袖沈约能够看到，并给予评价。

那时沈约是地位很高的官员，作为一介平民的刘勰没有正式约见沈约的理由和机会。于是，刘勰便想了一个能见到沈约的办法，那就是拦车献书。

501年的一天，刘勰用包背着他写的厚厚的《文心雕龙》书稿，打扮成小贩的样子，等候在沈约常常来往的路上。

当文坛领袖沈约坐着马车从大街上经过时，刘勰当街拦住车驾，献上了《文心雕龙》书稿。沈约便命仆人取来书稿带回家中阅读。

沈约看了《文心雕龙》后，大加称赏，认为此书深得文理，并把这本书放在书桌上经常翻阅。沈约在文人聚会时大加称赞，《文心雕龙》一书终于在文人中传播开来了。从此，刘勰也随着这部伟大著作的传播而名扬四海。

《文心雕龙》书名中的"文心"，指的是写文章的用心，"雕龙"指的是要把文章写得如雕绘龙纹一样精美。"文心雕龙"意思是写文章必须用心，就像雕刻龙纹那样细，最终才能创作出美好的文学作品。刘勰正是用这样的一份精美和用心写成了这本书。

《文心雕龙》分10卷，共50篇，有完整的行文体系和严密的组织结构，总体上来说可以分为上、下两编。内容分为总论、文体论、创作论、批评论4个主要部分。刘勰在总论中阐述了他的文学基本观点，是全书的纲领和理论基础，其中包括《原道》、《征圣》、《宗经》、《正纬》、《辩骚》5篇文章。

在总论中，刘勰说明了《文心雕龙》的理论体系，是以道为根本，以圣人为老师，以儒家经典为主体，以纬书为参考，以《离骚》为变化，从而体现出他论文的基本思想。就文学创作而言，写作的根本问题，也都包含在其中了。

《文心雕龙》的文体论部分，刘勰称之为"论文叙笔"，是对各

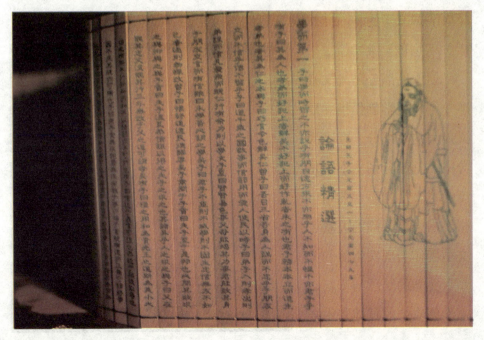

种文体源流及作家、作品逐一进行研究和评价，主要包括《明诗》、《乐府》、《诠赋》、《颂赞》、《祝盟》、《铭箴》、《诔碑》、《哀吊》、《杂文》、《谐隐》、《史传》、《诸子》、《论说》、《招策》、《檄移》、《封弹》、《章表》、《奏启》、《议对》、《书记》共20篇。

在文体论部分，刘勰从"原始本末"、"释名章义"、"选文定篇"和"敷理举统"4个方面，论述了35种文体的源流和特征，将文章分为有韵的"文"和无韵的"笔"两大类，解释其文体名称和意义。

在这部分中，刘勰还列举了以往作家的创作，评论其作品，概括出每一种文体的特征和写作要领。这一部分是从感性材料上进行分析，为后文进一步进行理论阐述打下了基础。

创作论部分以"剖情析采"为中心，重点研究有关创作过程中各个方面的问题。其中包括《神思》、《体性》、《风骨》、《通变》、《定势》、《情采》、《镕裁》、《声律》、《章句》、《丽辞》、《比兴》、《夸饰》、《炼字》、《隐秀》、《指瑕》、《养气》、《附会》、《总述》、《事类》、《时序》、《物色》共20篇。

创作论部分是《文心雕龙》对文学创作指导意义最大的一部分。在这部分中，刘勰分别从不同角度，对文学构思、艺术风格、内容与形式的关系、文学创作与现实生活的关系、文学的继承与革新、文学创作中的具体艺术技

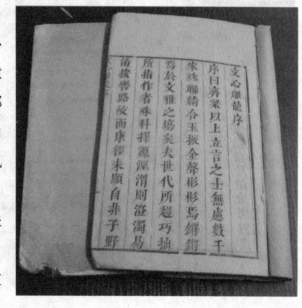

巧，如声律、比兴、夸张等艺术手法应用等问题进行了专题论述。

文艺批评论部分包括《时序》、《才略》、《知音》、《程器》4篇。在这部分，刘勰从不同角度对过去时代的文风和作家成就提出了批评，并对批评方法进行了专门探讨，可以说是刘勰的文学史论和批评鉴赏论。

在最后一篇《序志》中，刘勰说明了自己的创作目的和全书的部署意图。在这里，刘勰概括了全书内容和写作时所遵循的一些基本原则和方法，这就类似于"跋"。

《文心雕龙》的内容几乎论及了文学创作和文学评论的所有问题。而且全篇结构严谨，论述周详，理论观点首尾一贯，各部分之间又互相照应，具有严密、系统、完整的体系，在古代文学批评中，是空前绝后的著作。

在《文心雕龙》中，刘勰以儒家美学思想为基础，兼采道家，全面总结了齐梁以前的美学成果，细致地探索和论述了语言文学的审美、本质及其创造、鉴赏的美学规律。

刘勰的《文心雕龙》不但内容上丰富精到,见解独到,而且在形式上也非常讲究叙述的生动性。在《文心雕龙》中,刘勰多是运用简洁、平易、生动的比喻,贴切精当、寓意深刻地表达了内容,同时,表达形式又灵活多样、富于变化。可以说,刘勰的《文心雕龙》用形象生动的方式论述了文学理论中的重大问题。

《文心雕龙》是我国古代伟大的文学理论批评著作,是从商周到齐梁时期文学创作经验的大总结,也是齐梁以前文学理论批评的集大成者。我国历代对《文心雕龙》的研究、注释、翻译著述颇多。后来,《文心雕龙》的研究逐渐发展成为了一门显赫的学问,就是"龙学",对后世文学创作产生了巨大影响。

## 拓展阅读

刘勰纪念馆设于南京钟山南麓的定林山庄内,纪念馆分前、中、后3个展厅,以南京"钟山与六朝都城"、"钟山定林寺"、"刘勰与《文心雕龙》"3个展览单元,揭示了刘勰及《文心雕龙》与六朝首都、钟山及与定林寺的密切关系。

刘勰在钟山定林寺前后生活了20年左右,他在这里借助定林寺丰富的藏书,潜心学习和研究,最终完成了标志着辉煌成就的文学理论巨著《文心雕龙》。钟山定林寺也因刘勰的学术成就而名垂青史。

# 文学艺术辩证总论——艺概

清嘉庆年间的1813年正月，这天夜晚，江苏北部的兴化城内一个清寒知识分子家庭，出生了一个男孩，父亲刘松龄给儿子起了个名字，叫刘熙载。

刘熙载聪颖好学，但是因为家境贫困，他到了上学的年龄却不能

上学读书。于是，好学的刘熙载便常常跑到私塾外面听老师讲课，时间长了，就被私塾先生张秉衡发现了。张秉衡非常感动，就亲自来到刘熙载的家中，告诉他的父母可以免费让刘熙载到学堂读书。

刘熙载10岁那年，父亲去世了；15岁那年，母亲又去世了。这一切并没有消磨刘熙载求学的意志，他读书更加刻苦勤奋了。

道光年间的1834年，刘熙载通过考试，成了文正书院中的一名秀才。在这里，刘熙

载在清代书画家解如森、查咸勤两位先生的悉心指导下，学业进步很快。

1839年，踌躇满志的刘熙载赴南京参加乡试，并顺利成为一名举人。1844年春，刘熙载去北京参加会试，又金榜题名，高中进士，他还以文章与书法均优，被选为翰林院庶吉士。1847年，刘熙载成为翰林院编修。

正所谓"酒香不怕巷子深"，刘熙载的道德学问得到了咸丰皇帝的赞许。1853年，不惑之年的刘熙载，奉皇帝之命每天教皇子们读书。学识渊博的刘熙载谦虚而有责任心，他希望通过自己悉心的教授，使这些皇子们能够成为治国安邦的良才。

清咸丰皇帝听说刘熙载对诸王诲而不倦，自己又学而不厌，多次去书房看望他。每次见到刘熙载，总是看到他精神抖擞，一点疲倦的样子都没有。咸丰皇帝很是奇怪，就问刘熙载修身养性之道，他回答说："闭门读书。"皇帝非常高兴，为嘉奖刘熙载，就亲手书写了"性静情逸"4个大字赐给他。

刘熙载的心是安静而理智的，也是超脱飘逸的。他宠辱不惊，没有因为咸丰的恩赐而沾沾自喜，依然勤恳地教学、读书。

1856年，正当刘熙载安心读书教学时，他因为治学严谨，品行端正，被派去做道府官。刘熙载不愿做官，他便请假到山东禹城开设私塾教授学生。

1859年底，刘熙载被调回到北京，仍做翰林院编修。第二年，第二次鸦片战争爆发，英法联军打进北京，刘熙载却不顾同僚亲友的劝告，毅然决定独留北京，他以一种独特的方式向人们展示了自己的忠贞和节操。当时的湖北巡抚胡林翼深为感动，并以"贞介绝俗，学冠时人"向皇上疏荐刘熙载，并邀他到武昌主讲江汉书院。

1861年，当刘熙载兴致勃勃地赶赴武昌时，江汉书院的生员们早因战乱四处逃散了。有点失意的刘熙载只得踏上返京的旅途，他一路上访古漫游，一走就是一年多。

1863年的夏秋之际，刘熙载回到北京，第二年，他被补为国子监司业，不久，又被任命为广东学政，补左春坊左中允。1866年，刘熙载便辞官回乡了。

回到了阔别多年的故乡兴化，刘熙载陶醉在家乡的秀美风光里。他在闲暇之余，访亲会友，品诗论文，日子过得倒也清净自在。

1867年，55岁的刘熙载经不住好友敏斋再三诚恳的邀请，再次辞别家乡，前往上海龙门书院，开始了长达14年的讲学生涯。他的教育思想深受同乡北宋教育家胡瑗的影响，当时人们称赞他为"以正学教弟子，有胡安定风"。

刘熙载在主讲龙门书院以后，他推行了胡瑗的分斋教学法，就是根据学生的程度、志趣、特长进行因材施教。在教学中，他特别注重实践，引导学生乐学好学，还教育学生要仪表端庄，要远恶近善等等。

刘熙载治学严谨，也很会关心学生，每隔五天必要询问学生读了什么书、学到了什么理，还常常一个人到斋舍检查考核，不让学生有丝毫懈怠。

在龙门书院中，还经常有一批文人学士、学者，大家聚集在一起，互相切磋交流，对教学很有促进作用。当时著名的学者张文虎、郑伯奇、吴熙载、俞樾等都与刘熙载交往密切。

在龙门书院教书育人的同时，刘熙载也有时间把满腹经纶转化为传世文字。《艺概》就是刘熙载在1873年写成的。

《艺概》是刘熙载对自己历年来谈论文艺的札记所做的集中整理和修订。刘熙载把《艺概》分为共6卷，分别是《文概》、《诗概》、《赋概》、《词曲概》、《书概》、《经义概》。刘熙载在这6卷中，分别论述了文、诗、赋、词、书法、经义。

其中，《文概》有339条，专门讨论了古代散文。《诗概》有285条，专门讨论先秦至宋代的诗歌。《赋概》有137条，专门讨论赋。《词曲概》有159条，专门讨论词曲。《书概》有246条，专门讨论书法。《经义概》有95条，专门讨论文章写作方法。

刘熙载的散文多模仿先秦诸子，以立意为宗。他说自己谈艺"好

言其概"，故以"概"名书。"概"的涵义就是，得文章的大意，说
文章的概要，以简驭繁，以少概多，使人明白要旨，触类旁通。这是
刘熙载谈艺的宗旨和方法，也是《艺概》的特色所在。

因此，《艺概》全书内容虽复杂，但论述简练而有重点，尤其在
论及诗文辞赋等部分中，对作家作品的评定，对文学形式的演变，对
艺术特点的阐发等方面，有很多精辟的观点。

刘熙载评论文学有一条重要原则，他不仅强调文学作品要有充实
的内容，而且还能把文学作品同作家的思想品质联系起来考察。他认
为"诗为天人之合"，即诗歌是天理与诗人性情的融合，文学作品价
值的高低与作家人品的优劣有着直接的关系。因此，他直截了当地指
出"诗品出于人品"。

正是从"诗品出于人品"这一原则出发，刘熙载推崇的是屈原、
李白、杜甫、苏轼、辛弃疾等人。

也正是根据"诗品出于人品"这一精神，刘熙载才大胆地把历来

尊为正统的温庭筠、韦庄的婉约派列入"变调",而把苏轼开创的豪放派列入"正调"。

在《书概》中,刘熙载同样从字的内涵来比喻人的内在素质,强调"字如其人"。他说:

> 书,如也。如其学,如其才,如其志,总之曰:如其人而已。

不仅如此,刘熙载还更形象、更具体地把不同的人写出不同的字作了进一步阐述,他说:

> 圣哲之书温醇,骏雄之书沉毅,畸士之书历落,才子之书秀颖。

在这里，刘熙载把"字如其人"表述得淋漓尽致。

刘熙载还注重文学自身的特点和规律，他认为文学是"心"学，是"我"与"物"相激荡的产物，强调作品中感情的真挚。

在《赋概》中，他说：

在外者物色，在我者生意，二者相摩相荡而赋出焉。

在这里，物色是指客观事物，生意是指主观感情。二者必须互相交融才能产生好的作品，达到"言有尽而意无穷"的艺术境界。

在《诗概》和《词曲概》中，刘熙载提出，反映在作品中的思想感情必须深刻，文学作品如果只重外在的美，不能抒发胸臆，尽管辞藻华丽，也是没有生命力的。他认为，词曲"以色论之，有借色，有真色"，"诗有借色而无真色，虽藻绘实死灰耳"。在这里的借色是人工雕饰的美，真色是事物本质的美。

刘熙载肯定了有个性和独创性的作家作品，反对因袭模拟、夸世媚俗的作风。他认为："在古人为清新者，袭之即腐烂也"，如果"拾得珠玉，化为灰尘，岂

不重可鄙笑"，因此，文学作品"切忌拾古人牙慧"。

刘熙载还十分重视艺术形象和虚构，认为"能构象，象乃生生不穷矣"。他说：庄子的文章"意出尘外，怪生笔端"，是"寓真于诞，寓实于玄"；李白的诗"言在口头，想出天外"，其实与杜甫"同一志在经世"。

在《经义概》和《文概》中，刘熙载运用辩证方法总结了艺术规律，指出：

> 文之为物，必有对也，然对必有主是对者矣……更当知物无一则无文，盖一乃文之真宰，必有一在其中，斯能用夫不一者也。

在《艺概》中，刘熙载对"物我"、"情景"、"义法"种种关系的论述着重揭示了这几个要素之间是如何辩证统一的，而且突出了"我"、"情"、"义"的主导作用。

在《书概》中，刘熙载在论及书法中"丑"与"美"的关系时，有一段非常有名的话：

> 丑到极处便是美到极处，
> 一丑字中丘壑未易尽言。

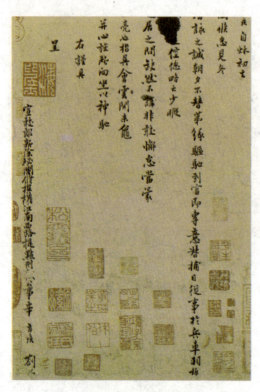

意思是说，书法艺术上的"丑"，有着语言难以尽述的内涵。在这句话之前，他说：

学书者始由不工求工，继由工求不工，不工者，工之极也。《庄子·山木篇》曰："既雕且琢，复归于朴"，善夫！

这前后两者的意思是连贯的，"不工"就是丑的具体内容，刘熙载将学书过程最后落实在"工求不工"，以"丑到极处便是美到极处"为审美标准，这与传统观念正好相反，自有其独特美妙之处。

正因为能够把握艺术辩证，刘熙载评价作家作品时，往往有独到之见，长处和短处都能如实指出。

他说：

齐梁小赋，唐末小诗，五代小词，虽小却好，虽好却小，盖所谓"儿女情多，风云气少"也。

刘熙载论表现手法与技巧时，还提出了一系列相反相成的艺术范畴，如深浅、重轻、劲婉、直曲、奇正、空实、抑扬、开合、淡丽等等观点，对后来的文艺创作有所启发。

《艺概》是刘熙载谈文说艺的精华荟萃，是刘熙载最重要的学术理论著作，也是晚清的一部优秀的文艺理论著作。

在《艺概》中，刘熙载对艺术创作中一系列辩证关系进行了深刻而全面的探讨。他从解剖各种艺术的具体实践出发，概括出100多个对立统一的美学范畴。刘熙载总结出的这100多个美学范畴，构成了我国古典艺术辩证法的一个独特的审美体系，是我国古典美学辩证法方面的一大贡献。他希望运用两物相对峙的矛盾法则来揭示艺术美的构成和创作规律。

刘熙载的《艺概》被认为是我国近代文学史上的一部优秀的古典美学经典之作，他的广博和慧深为后代许多学者所推崇。而刘熙载也成为我国古典美学的最后一位思想家，被誉为"东方黑格尔"。

## 拓展阅读

刘熙载精通经学、声韵和算术，旁及子、史、诗、赋、词曲、书法，著述丰富。除了著名的文艺评论《艺概》外，还有《持志塾言》、《读书补记》、《昨非集》、《四音定切》、《说文双声》、《说文叠韵》、《游艺约言》等著作。

《持志塾言》是刘熙载的教学随笔。"持志"是他的书房名，来自《孟子·公孙丑上》中的"持其志，无暴其气"。书中以"格物致知"、"明心见性"为纲，格言式地阐示立志、为学、洁身修行以至立事处世等方面的经验教训、目标要求和方法途径，他的论述继承了宋代理学教育思想。

# 艺术百科全书——闲情偶寄

　　明万历年间的1611年农历八月初七这一天，浙江兰溪夏李村药材商人李如松的家里，伴随着婴儿的啼哭声，一个小男孩来到了人世。

　　婴儿清亮的啼哭声，使李家的人们想起他们的本家、诗仙李白的故事，他们祈盼这个婴儿是李太白转世，希望担负起光大李家门楣的使命，于是给他取名为仙侣，字谪凡，号天徒。

　　在李仙侣出生后不久，他的父亲李如松，便把家迁往江苏如皋居住。

　　李仙侣从小就聪明好学，对"四书五经"中的很多名句过目不忘。他五六岁时，便能赋诗作文。少年的李仙侣就立志做大事，他时常警戒自己不要虚度年华，要刻苦读书。

　　为了让儿子能静心攻读，光宗耀祖，李仙侣

的母亲也学孟母三迁教子，把李渔安置到李堡镇上的老鹳楼里，让李仙侣专心读书。

正当李仙侣在书山学海中奋读攻研的时候，他的父亲因病不幸去世，全家人顿时陷入了生活困境。

父亲的去世，更坚定了李仙侣考取功名的决心。崇祯年间的1635年，李仙侣去金华参加了童子试，一举成为名噪一时的"五经"童子。

首战告捷，使李仙侣尝到了读书成名的甜头，他信心更足，读书也更加刻苦。1639年，29岁的李仙侣赴省城杭州参加乡试，但万万没有料到，他竟名落孙山。

科举考试失败的沉重打击，使李仙侣心中非

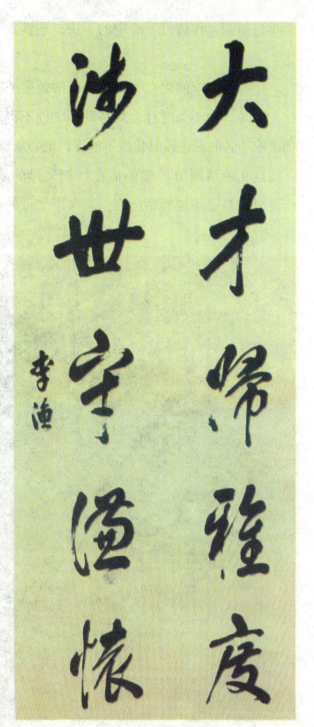

大才婦雅度

沸世半李漁懷

李漁

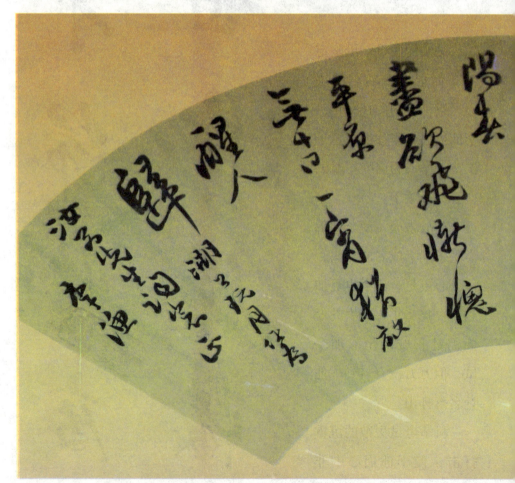

常难过郁闷，作诗抒发心中的不快，还常常以晚唐才高落魄的刘蕡自比。

1642年，李仙侣在明王朝举行的最后一次乡试中，再次到杭州应试。但是，由于当时社会局势动荡，他不得不中途而返。此时，李仙侣求取功名的理想顿时化成了泡影，他心灰意冷，惆怅不已。

这年的清明节，李仙侣在祭扫父母的墓时，百感交集，内心愧疚，感叹自己不能光耀门庭，辜负了父母的厚望。当时，他写下了这样一首诗：

三迁有教亲何愧，一命无荣子不才。
人泪桃花都是血，纸钱心事共成灰。

　　在清顺治年间的1646年8月，清军攻占了金华，功名不遂、身经战乱的李仙侣只得归隐故乡。后来，李仙侣把自己的名改为李渔，字笠鸿，号笠翁。

　　李渔称自己为"识字农"，在伊山头父母墓边，新建了一座草堂，构筑了自己的乐园"伊山别业"，也就是伊园，又给自己起了个

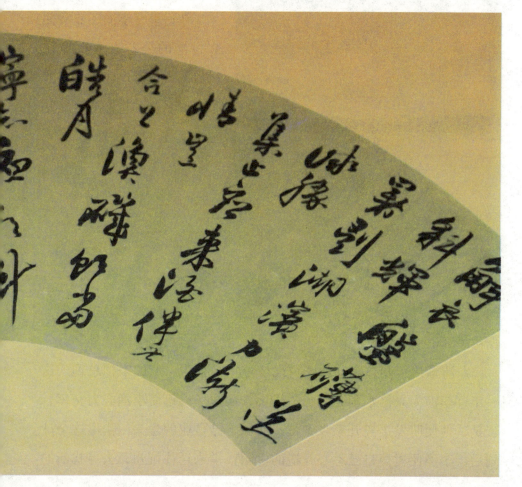

号，叫伊园主人。

伊园经过李渔独具匠心的设计和安排，他在园里构筑有廊、轩、桥、亭等诸景，他还自夸说伊园可以与杭州西湖相媲美。这时的李渔想要学唐代诗人王维，在伊园隐居终生。

在村里，李渔还非常关心村上的公益事业。他在村口的大道旁倡建了一座凉亭，取名为"且停亭"，并在亭上题了一副对联：

名乎利乎道路奔波休碌碌，
来者往者溪山清静且停停。

李渔还倡议村里修水利，积极兴建了石坪坝等4处堰坝，挖了6里沟渠，使易旱的黄土丘陵地带形成"自流灌溉"，改善了农田水利，让村民真正受益。

在清顺治年间，李渔深受村民敬重，被推为家族的宗祠总理。这一年，李渔为兴修水利介入了一场诉讼。这场诉讼使李渔心力交瘁，于是，他便萌发了离开家乡到杭州发展自己事业的念头。作出这个计划后，李渔便卖掉自己悉心营造的伊园，举家迁往杭州，去寻找新的创业之路。

　　李渔一家来到美丽如画的杭州后，虽然人生地不熟，日子过得很艰难，但李渔没有气馁，他知道这么大的杭州城，一定有他的谋生之路。他开始寻找谋生机会，他走遍了杭州城的大街小巷，所有的戏馆、书铺都留下了他的足迹和身影。

　　李渔在不断接触、不断观察、不断了解中，他发现，在这座繁华的城市里，从豪绅士大夫到一般市民，对戏剧、小说都有着浓厚的兴趣。

　　李渔发现冯梦龙、凌濛初的小说"三言"和"二拍"很畅销，因为他自己正好擅长写小说，于是，他便产生了以写小说为生的想法。这样既可以解决一家人的生计，还可以使自己在杭州城立住脚跟。于是，李渔毅然选择了一条被当时的人们看作是下贱行业的"卖文字"

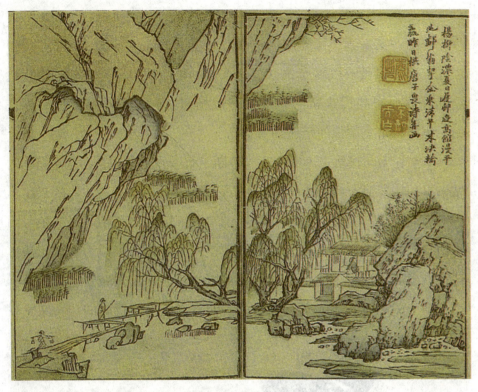

的道路，开始了他以"卖赋糊口"的专业作家创作生涯。

接下来，李渔以勤奋的创作能力，在数年之间，就连续写出了《怜香伴》、《风筝误》、《意中缘》、《玉搔头》等6部传奇，以及《无声戏》、《十二楼》两部白话短篇小说集。

李渔作品，故事新鲜，情节奇特，布局巧妙，语言生动。他的小说重在劝善惩恶，同情下层人物，以歌颂男女青年恋爱婚姻自主，谴责父母之命、媒妁之言，批判假道学为主题，具有反封建进步意义。

这些通俗文学作品，虽然在当时被正统文人所看不起，但由于通俗易懂，贴近市民生活，寓教于乐，适合广大观众、读者的欣赏情趣，所以，他的作品一问世，便被抢购一空。尤其是他的短篇小说集，更是受到读者的欢迎，成为抢手货。当时，李渔的作品因为雅俗共赏，通俗易懂，遍行于坊间，不少作品甚至还被翻译传到日本及欧洲国家。

与此同时，李渔发现，明代剧作家的剧本，大多不适合舞台表演。发现这些剧本的缺点后，李渔在戏剧创作上，便更注重联系观众和舞台效果，更重视研究戏曲的演习实践。因此，李渔在戏曲的艺术形式和演唱技巧上，有很大的发展和创新。独树一帜的戏剧风格使他在当时戏坛上一举成名。

从1651年至1668年，李渔创作了《怜香伴》、《风筝误》、《比目鱼》、《凰求凤》等大量剧本。他还把《风筝误》等10个剧本合称《笠翁十种曲》出版发行。李渔的《十种曲》的题材全是才子佳人的爱情故事，而且喜剧色彩十分浓郁。

因此，这本书一经问世，便"洛阳纸贵"，被人们抢购一空，并被当时戏剧界推为"所制词曲，为本朝第一"。

　　1662年，李渔告别了风景如画的西子湖，来到文人荟萃、虎踞龙盘的六朝古都南京，开始了他文化事业上的全新时期。

　　李渔在这里购买了一个小院子，并把这个院子取名为芥子园，意思是"芥子虽小，能纳须弥"之意。小小的园庭经过李渔的精心设计，竟也别有情趣，园中有栖云谷、月榭、歌台、浮白轩等景，并都题有楹联。其中，书屋的对联是："雨观瀑布晴观月，朝听鸣琴夜听歌。"月榭的对联是："有月即登台，无论春秋冬夏；是风皆入座，不分南北西东。"

　　在金陵芥子园内，李渔与他的文友、戏友经常一起观剧切磋技艺。与他交往的人中，上至位高权重的宰相、尚书、大学士，下至三教九流、手工艺人，遍及17个省，200多个州县，成为当时交友最多、结交面最广的文人。

　　众多的朋友，使李渔能自由往来于朝野文人之间，也使他增加了不少知识，懂得了许多人情世故，更为他的创作提供了丰富、生动的文学素材。

李渔不仅读万卷书，而且行万里路。在金陵期间，他一方面为了生计，不得不四处奔走，交结官吏友人，以取得他们的馈赠和资助，另一方面，他每到一地，都要游览山水胜地。

李渔把大自然称为"古今第一才人"。他说："才情者，人心之山水；山水者，天地之才情。"还说："不受行路之苦，不知居家之乐。"

李渔对戏曲情有独钟，他一直有个愿望，就是创办自己的戏剧班，能亲自教习和导演自己创作和改编的剧本。

在康熙年间的1666年，机会来了。这一年，56岁的李渔应朋友之邀，从北京前往陕西、甘肃游历。在游历的路上，他先后在临汾、兰州得到了颇具艺术天赋的两位独具艺韵的唱戏演员乔姬和王姬。乔、

王二位主角演员的到来，再加上其他一些原有的配角演员，一个初具规模的李氏家班就组建起来了。

由于有了乔、王二位演员出色的表演，以及李渔这样的好编剧、好导演，他的李氏家班迅速红遍了大江南北，影响波及大半个国家。

在当时交通条件十分落后的情况下，李渔携带着家班不辞辛劳，远途跋涉，四出游历，在全国各地巡回演出。李渔每到一处，都以戏会友，很受戏曲名流们的欢迎。

在长期的漫游中，中华大地的奇山秀水到处都留下了李渔的足迹。李渔对大自然也作了深入的观察和研究。李渔对各地风土人情作了详细的调查，这不仅进一步深化了他对各方面艺术的审美情趣，而且也获得了大量的第一手创作素材。

这些素材经过李渔精细的提炼和艺术加工后，创作出了大量的

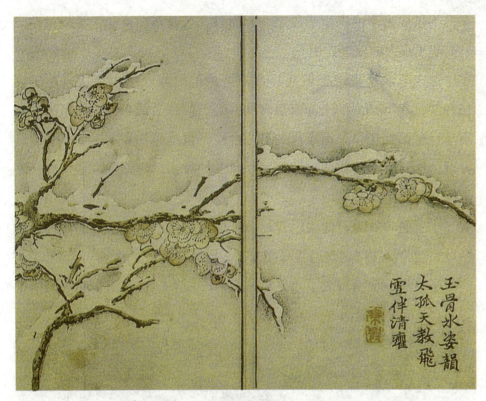

诗、词、曲、赋。这些作品既有写实的、抒情的，也有联想的、议论的，语言凝练，韵律优美，深受世人的称诵。

李渔还把从游历四方获得的素材移植到小说、戏曲创作和造园艺术中去，为后人留下了一批丰富而弥足珍贵的文化遗产。

在金陵芥子园和苏州百花巷的李渔寓所，也成为当时戏曲名流交流艺术的场所。1671年端午节前后，李渔两次带家班在百花巷演出经他改编的《明珠记》等剧，并与著名戏剧家尤侗、著名诗人余怀等一同观演，共同切磋。那时，经常是夜间上演，曲未终而东方已白，兴致盎然，意犹未尽。

李渔的家班作为李渔自己的实验剧团，使他在戏曲创作、导演、演出等实践活动中如鱼得水，为他的创作提供了极大的便利。李渔的家班不仅成为李渔谋生手段之一，而且在普及戏曲文化，推动昆曲发展上起了很大的促进作用。

就在李渔家班声誉鹊起、蜚声海内的时候，一场变故发生了。1672年，年方19岁的李渔家班台柱乔姬，因积劳成疾而英年早逝。祸不单行，第二年，李渔家班的另一台柱，也是正19岁的王姬，又因病去世。这对李渔的戏曲事业无疑是致命的打击，李渔的家班从此一蹶不振，逐渐瓦解。

在李渔60岁时，他决定开始系统地总结自己一生生活的所闻所见所得的经验，并把这些经验写成文字，形成理论。

1671年，李渔写成了《笠翁秘书第一种》，这本书也叫《闲情偶寄》，又叫《笠翁偶寄》。

　　《闲情偶寄》是李渔一生艺术、生活经验的结晶。他把《闲情偶寄》的内容分为词曲、演习、声容、居室、器玩、饮馔、种植、颐养8部，共有234个小题。在书中，李渔谈论了戏剧的创作和表演、妆饰打扮，还有园林建筑、家具古玩、饮食烹调、养花种树、医疗养生等许多方面，内容相当丰富。

　　李渔在《闲情偶寄》的《词曲部》主要谈论戏剧的结构、词采、音律、宾白、科诨、格局；在《演习部》主要谈论选剧、变调、授曲、教白、脱套；在《声容部》中的《习技》则详细叙述如何教女子读书、写诗、学习歌舞和演奏乐器的方法，这些内容都和戏剧有关。

　　《闲情偶寄》的后6部包括声容、居室、器玩、饮馔、种植、颐养。在这几部里，李渔全景式地谈论了清初我国人民的世俗风情，包括日常生活娱乐和养生之道，以及当时的人们如何美化生活等内容。

　　李渔对这6部的写法，和一般生活知识读物不同，他在行文中往往结合抒情和说理。李渔希望人们读了他的书对美化生活有新的认识，能让生活更加丰富多彩。李渔还希望通过对草木虫鱼、修身养性知识的论述，以及广泛的引证和婉转的比喻，来帮助社会规正风俗，或警惕人心。

　　其中的"饮馔"部，较为全面地反映了李渔的饮食观与饮食美学思想。李渔对饮食养生之道提出了自己的独到见解。在《闲情偶寄》卷五《饮馔部》的《蔬菜第一》中分别有笋、蕈、莼、菜、瓜等14篇。在《菜》这一篇中，李渔一开头就写道：

　　世人制菜之法，可称百怪千奇，自新鲜以至于腌糟酱腊，无一不曲尽奇能，务求至美，独于起根发轫之事缺焉不

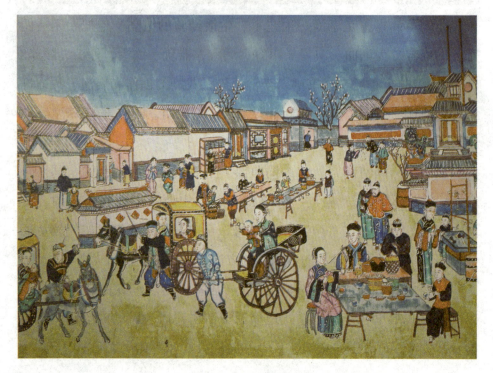

讲，予甚惑之。

对于一些菜蔬的食用方法，李渔也讲得既通俗易懂，又生动精彩。他说：

> 瓜茄瓠芋诸物，菜之结而为实者也……贫家购此同于籴粟。但食之各有其法，煮冬瓜丝瓜忌太生，煮王瓜甜瓜忌太熟；煮茄瓠利用酱醋而不宜于盐；煮芋不可无物伴之，盖芋之本身无味，借他物以成其味者也；山药则孤行并用无所不宜，并油盐酱醋不设，亦能自呈其美，乃蔬菜中之通。

这段文字便是一则膳食小品，清新优美，趣味盎然。

在《闲情偶寄·声容部》中，李渔还分别介绍了肌肤、眉眼、首

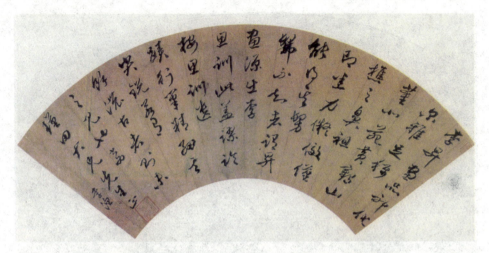

饰、衣衫等方面的知识和经验。他在妇女"衣衫"一节中说：

> 妇人之衣，不贵精而贵洁，不贵丽而贵雅，不贵与家
> 相称而贵与貌相宜……肌肤近腻者，衣服可精可粗；其近糙
> 者，则不宜精而独宜粗，精则愈形其糙矣。

李渔对我国传统民居建筑也很有研究，诸如房舍的向背、高下，界墙及窗栏的制作、形制、取景等都有生动详细的介绍。

在《闲情偶寄·颐养部》中，李渔还教给人们祛病养生之法：

> 病未至而防之，病将至而止之，病已至而退之。

李渔的《闲情偶寄》堪称是生活艺术的大全、休闲的百科全书，是我国第一部倡导休闲文化的专著。因此，《闲情偶寄》在我国传统雅文化中享有很高声誉，被誉为古代生活艺术大全，名列"中国名士八大奇著"之首。

　　李渔还是我国戏剧史上第一个专门从事喜剧创作的作家。在《闲情偶寄》中，李渔分别对戏曲的创作、导演、表演、教习，直到语言、音乐、服装，都一一作了论述。这几部分是李渔在汲取前人的理论成果基础上，结合自己的艺术实践经验，对古代戏曲理论进行了全面的总结，从而形成了一个内容丰富、自成体系、具有民族特色的戏剧理论体系。

　　李渔的《闲情偶寄》是我国最早的系统的戏曲论著。它是我国古典戏剧理论集大成著作，是我国戏剧美学史上的一座里程碑，其中关于导演的论述，是世界上最早的导演学。因此，李渔被后人推为"世界喜剧大师"，也有评论家称之为"东方的莎士比亚"。

在《闲情偶寄》中，李渔从亭台楼阁、池沼门窗的布局，界壁的分隔，到花草虫鱼、鼎铛玉石的摆设；从妇女的妆阁、修容、首饰、脂粉点染，到穷人与富人的颐养之方，等等，无不涉猎，表现了他广泛的艺术领悟力和无限的生活情趣。

因此，李渔的《闲情偶寄》对后人提高生活品位、营造艺术的人生氛围有极大的借鉴价值。

拓展阅读

《笠翁十种曲》是李渔创作的喜剧集，包括《奈何天》、《比目鱼》、《蜃中楼》、《怜香伴》、《风筝误》、《慎鸾交》、《凰求凤》、《巧团圆》、《玉搔头》、《意中缘》。剧作情节曲折，语言浅近易懂，在士大夫及民间均颇受欢迎。

李渔在这些剧作中，综合运用了误会、巧合、错认、弄巧成拙、弄假成真等多种喜剧手法，扭转了在李渔之前戏曲创作上重"曲"轻"剧"，重填词轻宾白的风气，为喜剧的创作和喜剧理论的发展提供了经验材料。

# 诗词理论论著

　　诗词是有节奏、有韵律并富有感情色彩的一种语言艺术形式，也是世界上最古老、最基本的文学载体。诗词理论是诗与词的活动领域中联系实际推演出来的写作概念与原理，其相辅于诗词本身，融合着诗的意味。

　　关于诗词类的论著，如严羽的《沧浪诗话》、王国维的《人间词话》等著作，都是世界文学宝库中令人瞩目的文化瑰宝。

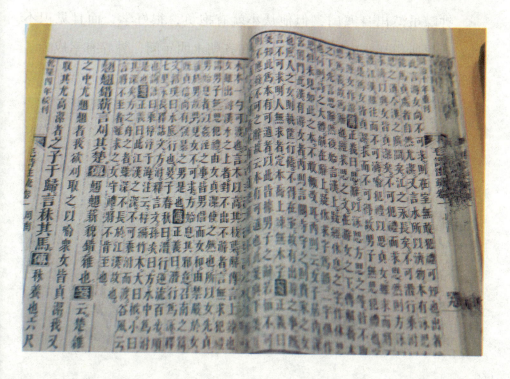

# 第一部诗论专著——诗品

南北朝时期的468年，在颍川郡长社，也就是今河南长葛，在一个钟姓的贫苦人家中，诞生了一个男孩，父母给他取名叫钟嵘。

钟嵘虽然出身寒门，但他从小就有抱负，很好学，而且见识不凡，所思所想都超出同龄的孩子。在齐朝永明年间，钟嵘有幸成为了国子监的学生。因他通晓《周易》，国子监的祭酒王俭很欣赏他，就

推荐钟嵘为本州秀才。这之后，钟嵘做过王府中专门负责文书工作的小官。

在当时，钟嵘在政治上不能实现自己的抱负。但在文学上，他有一片属于自己的天地，敢于对当时文学上的不良风气进行尖锐的批评，他还提出了一套比较系统的诗歌品评的标准，因此，他成为了一位进步的文学理论批评家。

钟嵘所处的齐梁时代，诗歌历经了从汉末到建安、正始、太康时期，以至东晋的两三百年曲曲折折的演变历程。这时，五言诗已成为文人作诗的主要体裁，作五言诗已成为了一种社会风气，涌现出了许多具有自己风格、且对后代产生了巨大影响的诗人。钟嵘从诗歌形式演变发展的角度，敏锐地感受到了这一时代风尚。

与此同时，在齐梁时代，诗风的衰落已经相当严重。当时贵族中已经形成了一种以写诗为时髦的风气，于是重视藻饰的对偶句盛行，宫体诗的浮艳脂粉气弥漫于诗坛。

当时的人都在忙着写诗，甚至那些刚刚进入小学的儿童，也一心为写作诗歌而奔走努力。至于富家子弟则耻于自己的诗歌达不到水平，被人耻笑，于是，整天写作，整夜苦吟。

有一些人甚至嘲笑三国时的著名诗人曹植和刘桢的诗太古朴笨拙，而说当时南朝诗人鲍照和谢朓的成就超越古今。而王公绅士谈论诗歌时，更是随着各自的爱好，意见也各有不同，或混淆不清，或相持不下，议论纷纷，没有可以依照参考的标准。

这些现象都造成了诗坛"庸音杂体，人各为容"的混乱情况。钟嵘有感于诗坛混乱，就仿照汉代班固《汉书·古今人表》和刘歆《七略》中的品论方法，写成了一部专门品评诗人作品的著作，叫《诗品》，希望用自己的观点来纠正当时诗坛的混乱局面。

钟嵘的《诗品》大约写于502年到513年之间。此书以当时诗坛最主要的诗歌形式五言诗为中心，把诗人分为上中下3品，上品11人，中品39人，下品72人，每品又依时代先后次序排列，一一予以品评，每品为一卷。共论及从汉朝至梁代的诗人122人。他对这些诗人及其作品的成就、风格、优劣作了总体评价，并且分流立派，各溯其源。

《诗品》共3卷，每卷前各有一篇序言，合称《诗品序》。在3篇序言中，钟嵘以五言诗为中心，系统地论述了诗歌发展的历史，以及有关诗歌创作的重要理论问题。

在《诗品》中，钟嵘提倡写诗要有力度，反对空谈浮夸。他还主张诗歌的音韵要自然和谐，反对刻意的追究声韵。他还提出诗歌的表达一定要直白，反对故意用典。

钟嵘强调诗歌创作必须"干之以风力，润之以丹采"，只有"风力"和"丹彩"并重，才是最好的作品。他把曹植作为"建安风力"的最杰出典范，他认为曹植的诗"骨气奇高，词采华茂，情兼雅怨，体披文质"。

在钟嵘看来，要达到风力与丹采并重，采用比兴之法是其基础。他说：

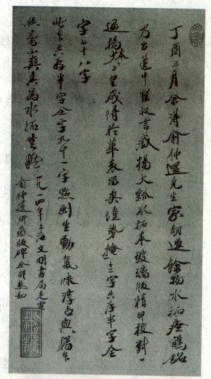

> 故诗有三义焉，一曰兴，二曰比，三曰赋。文已尽而意有余，兴也；因物喻志，比也；直书其事，寓言写物，赋也。
>
> 宏斯三义，酌而用之，干之以风力，润之以丹采，使味之者无极，闻之者动心，是诗之至也。

若专用比兴，患在意深，意深则词踬。若但用赋体，患在意浮，意浮则文散，嬉成流移，文无止泊，有芜漫之累矣。

在这里，钟嵘强调诗的赋和比兴的相济为用，钟嵘把"兴"放在首位，是因为他认为"兴"突出表现了诗歌的艺术思维特征。

钟嵘是文学批评史上最早明确提出以"滋味"论诗的诗论家。他说道：

> 五言居文辞之要，是众作之有滋味者也。

在这里，钟嵘认为，五言诗之所以有"滋味"，正是由于"指事造形，穷情写物，最为详切"，越是详切，就越有滋味，批评玄言诗"理过其辞，淡乎寡味"。如何产生滋味，钟嵘认为也要正确使用赋、比、兴。

在《诗品》中，钟嵘还强调艺术要表现的自然本色，批评那些追求堆砌典故和过分讲究声律的诗。

钟嵘论诗还坚决反对用典。他还举出许多诗歌的名句，用来说明"古今胜语，多非补假，皆由直寻"。同时，他尖锐地斥责了南北朝宋国诗坛受颜延年、谢庄影响而形成的"文章殆同书抄"的风气。

钟嵘论诗还坚决反对当时著名诗人沈约等人四声八病的主张。他认为，诗歌体制，本来应该吟诵，不可滞涩，只要音调清浊相间，贯通流畅，念起来谐调流利，这就够了。

至于分平上去入，一般都不会；至于蜂腰鹤膝的毛病，里巷歌谣就已经能够避免了。

当时写诗讲究音律，严格按照"四声八病"的创作规范来写五言诗，即所谓"永明体"。

沈约等人提出的四声八病的诗律，人为的限制过于严格，连他们自己也无法遵守。于是，钟嵘批评他们"襞积细微，专相陵架，故使文多拘忌，伤其真美"。

在对作家的艺术流派及品评上，钟嵘的《诗品》，从作家和作品的风格特点着眼，重视历代诗人之间的继承和发展关系，及不同艺术流派之间的区分，并提出了比较系统的看法。

钟嵘的《诗品》，不仅为风格流变的研究开创了一个新途径，而且对具体作家、作品也有一些言简意赅、颇有见地的评论。如评著名诗人阮籍诗的特点是："言在耳目之内，情寄八荒之表"，"自致远大，颇多感慨之词，厥旨渊放，归趣难求"等。

钟嵘的《诗品》是我国第一部诗论专著，虽有历史局限性，但在我国文学理论批评史上依然占有重要的地位，在我国古代诗歌理论批评史和诗歌发展史上曾产生过深远的影响。自唐宋以来，它一直受到人们的普遍重视，并被称为"诗治之源"。

拓展阅读

　　关于钟嵘写作《诗品》的另一个说法是，因为同时代的文学评论家刘勰通过"干谒"的形式，求誉于在齐梁文坛上颇负盛名的文学家沈约，因为沈约的赞美和肯定，才使刘勰的《文心雕龙》名扬天下。于是，钟嵘也拿着自己未完成的作品《诗品》，去拜见沈约，希望得到肯定。由于钟嵘和沈约有不同的诗学观，钟嵘没有得到沈约的举荐。

　　这次会面后，钟嵘更清晰、更明确地认识到了自己的文学思想和审美价值，也坚定了他写作《诗品》的决心。于是他按照自己的独到见解写作《诗品》，终于将其加工成著名作品。

# 诗学指导论著——沧浪诗话

　　在南宋绍熙年间的1192年，福建邵武莒溪，一个世代以耕读为业的严家，诞生了一个男孩，父亲给他起名叫严羽，字丹丘。严羽自幼聪明好学，所以父亲就把他送到附近的私塾中，跟着先生读书习字。

　　有一年秋天，在一个天高气爽的日子，严羽的私塾先生很有兴致地带着学童们去登山秋游。

　　师生们登上山顶，先生看到周围山峦层叠，红叶点缀在绿树丛中，风景真是美不胜收，就想考考自己学生的对对联水平，先生说出了上联："山山出秀。"

　　学生们也热情高涨，纷纷应对，然而先生都不怎么满意。这时，严羽对了下联："日日昌明。"

　　先生听了不由得欣慰地笑了。

因为这副对联是很有难度的，上联"山山出秀"，前两个字是"山"字，合在一起就是第三个"出"字，而严羽对的下联前两个字是"日"字，合在一起就是第三个"昌"字，而且对仗工整。

先生还想再难一难严羽，于是又在"山山出秀"后面加了"永嘉地"3个字，上联变成"山山出秀永嘉地"。严羽沉思了一会儿，在"日日昌明"后面也加了3个字"长乐年"，下联变成"日日昌明长乐年"。

先生听了不由得鼓起掌来，因为先生加的3个字中的"永嘉"是县名，而严羽加的3个字中的"长乐"也是县名，而且寓意美好。先生高兴地摸着严羽的头说："孺子可教也。"从此，严羽的才名迅速在乡邻中传播开来。

少年时的严羽，不仅以才名遐迩闻名，还以品行高洁、生性奇特为人所赞扬。他长年隐居乡里，养成了清高自诩、不喜随俗的性格。

因为他居于邵武樵川莒溪，与沧浪水合流处，所以自称"沧浪逋客"。

1213年，22岁的严羽离开家乡福建邵武，来到江西南城，在颇有声名且学识渊博的宿儒包扬门下求学深造。包扬曾先后受学于当时的著名理学家、教育家陆九渊和朱熹。

严羽在包扬那里学习了3年后，因为老师包扬去世，他只好辞别师门，开始了长达7年左右时间的客游经历。1223年，由江西临川返回家乡。后来家乡发生战乱，已近中年的严羽又被迫离家避乱，漂泊于江西浔阳、南昌等地近3年。

1232年江湖派著名诗人戴复古担任了邵武府学教授，以严羽为代表的邵武青年诗人们的诗社活动开始活跃起来，他们过了一段诗友酬唱、切磋学艺的快活日子，被人们传为诗坛佳话。严羽关于诗歌理论的批评著作《沧浪诗话》，大约就写于这段时间。

严羽创作《沧浪诗话》的动机主要是不满北宋以来诗坛的种种流弊，他希望构建一个新的诗学体系，规范诗歌创作的原则，从而为学诗的人指明方向。

《沧浪诗话》共1卷，分《诗辨》、《诗体》、《诗法》、《诗评》和《考证》5章。

在《诗辨》中，严羽主要阐述诗歌的创作理论，是整个《沧浪诗话》的总纲。在《诗体》中，严羽探讨了诗歌各体的流变。在《诗法》中，严羽提出了诗歌的写作方法，具体的作诗方法、法则和技艺，也就是诗艺。在《诗评》中，严羽评论了历代诗人诗作的典型风格、突出的优缺点等。在《考证》中，严羽对一些诗篇的文字、篇章、写作年代和作才进行了考辨。

《诗辨》是《沧浪诗话》的首篇，也是严羽诗学理论审美理想阐述最为充分的篇章。严羽讨论了学习诗歌的方法、诗歌的法度、诗歌的风格和诗歌的本质，提出了"妙悟说"和"别材别趣说"。

在《沧浪诗话》的《诗评》中，严羽充分评述了李白、杜甫诗歌的艺术特色。他认为李白、杜甫诗歌各有妙处，李白诗歌的艺术特色是飘逸，杜甫诗歌的艺术特色是沉郁；李白的诗浑然天成，杜甫的诗歌有章可循。

在《沧浪诗话》中，严羽还提出了一个效法古代诗歌的思想体系。他确立了诗学理论的"师古"核心，也确定了学习效仿的对象是汉、魏、晋、唐时的诗人作品。关于诗歌的审美特征，严羽提出了"别材"说和"别趣"说。别材的意思是诗在取材上要有特别的要求。他指出，宋诗所以不如唐诗就是在取材上出了问题，宋人在既"涉理路"，又"落言筌"的"书"中取材，背离了"诗者，吟咏情性"的旨义。

严羽认为，诗人与学者是有根本区别的。诗歌是用来吟咏人的情性的，只有那些情性中有诗情画意的人，才可能成为诗人。情性中没有诗情画意的人，即使读很多书，也不可能成为诗人。

别趣指诗的审美特征，指诗人的情性熔铸于诗歌形象整体之后，才能产生那种蕴藉深沉、余味曲包的美学特点。他在《诗辨》中说：

> 诗者，吟咏情性也。盛唐诸人唯在兴趣，羚羊挂角，无迹可求。故其妙处透彻玲珑，不可凑泊，如空中之音，相中之色，水中之月，镜中之象，言有尽而意无穷。

这段文里说的"羚羊挂角，无迹可求"，用的是佛经中的比喻，

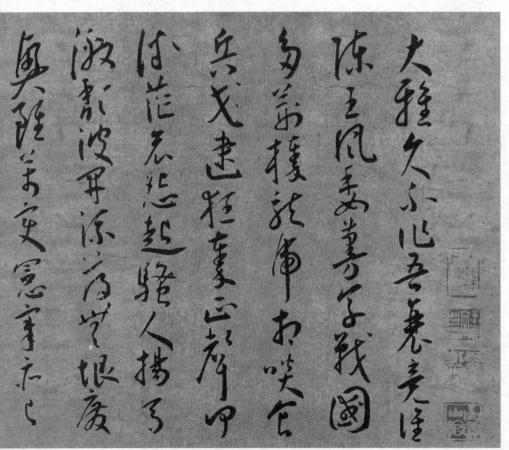

说羚羊到晚间把自己的双角挂在树上栖息，可以避免豺狗找寻踪迹。严羽在这里指诗歌作品的语言、思想、意念、情趣等各方面要素，组合为一个整体，达到水乳交融的地步，这才能给人以"透彻玲珑，不可凑泊"的感觉，取得"言有尽而意无穷"的艺术效果。这就是严羽提出的好诗的首要条件。

在《沧浪诗话》中，严羽论诗是针对宋诗的流弊而写的。宋诗的毛病，就在于背离了诗歌的审美特征和创作规律。他说，宋代的诗人经常在诗中发议论，讲道理，就连在创作思想上主张"天成"和"平淡"的苏轼都常常以议论时政入诗，以至于酿成著名的"乌台诗案"。

更严重的是，有的诗人在诗中堆砌典故，从古书中寻找作诗的材料和词句，用呆滞地重复前人的词句来代替独特的审美创造。因此，严羽从自己的诗学见解出发，推崇有"别材"和有"别趣"的盛唐诗歌。

大概是因为诗境与禅境相似甚至相通的缘故，严羽在研究前人的诗歌创作理论和梳理自己的诗学体系时，他常常借用禅语。在论述师法前人的具体方法时，严羽更是始终以禅作喻，指出诗歌之道在于"妙悟"。

"妙悟"是一种什么样的心理机制呢？严羽认为，"妙悟"是一种人在相应的境界时，不用知识的帮助、不用经过逻辑推理，而对事物的本质作出的直接的领悟和怦然而出的臆想。

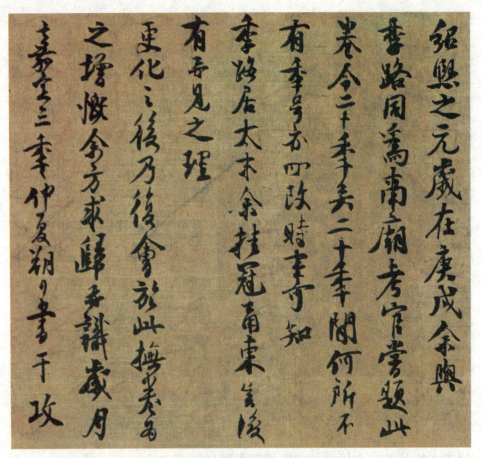

"妙悟"的能力又是怎样获得的呢？在《诗辨》中，严羽说：

> 工夫须从上做下，不可从下做上。先须熟读《楚辞》，朝夕讽咏以为之本；及读《古诗十九首》、乐府四篇，李陵、苏武、汉魏五言皆须熟读；即以李、杜二集枕藉观之，如今人之治经；然后博取盛唐名字，酝酿胸中，久之自然悟入。

严羽在这里是说，"妙悟"的能力是从阅读前人的诗歌作品中培养出来的。而且，这种阅读的方式不是指的思考、分析和研究，而是

指熟读、讽咏，以至朝夕玩味的工夫。换句话说，是从一种直接的感觉和艺术的欣赏活动中获得。可见他对前人的诗歌作品的尊崇。

严羽认为诗人最本质的东西就是"悟"，它是一种审美直觉思维。"识"是审美鉴赏能力，也就是辨别诗歌优劣的能力。严羽认为，对盛唐诗人的学习，应该从"识"开始，培养良好的审美判断力，形成正确的诗歌鉴赏和诗歌创作观念，最终达成"妙悟"的心理状态。

在这里，严羽要人们从反复咏叹中去体会诗歌声情的抑扬骀荡，以进入作品的内在境界，领略诗歌独特的韵味。

也就是说，严羽心目中的"妙悟"或"别才"，是指人们从长时期潜心欣赏、品味好的诗歌作品所养成的一种审美意识活动和艺术直觉能力。它的特点在于，不用凭借书本知识和理性思考，就能够对诗歌形象所内含的情趣韵味，作出直接的领会和把握。严羽认为，这种心理活动和能力便构成了诗歌创作的原动力和审美趋向。

严羽提出，"妙悟"既然是来源于对好的诗歌作品的熟读与涵咏，那就需要对诗歌艺术作出正确的鉴别，严羽称为诗识。诗识就是指从艺术意境、艺术风格上识别诗作的邪正、高下、深浅的能力。有了这种能力，才能选择合适的学习对象，达到"取法乎上"的目的。

诗识又是怎样形成的呢？严羽认为，是来自对各类诗歌的"广见"和"熟参"，也就是来自对诗歌体制的细心辨析。

在《沧浪诗话》中，严羽特别开辟了《诗体》一章，用来广泛介绍诗歌的体裁、风格及其流变，就是要人们通过精心比较诗歌的这些特点，以掌握诗歌艺术的"真是非"。

在《答吴景仙书》中，严羽也讲道："作诗正须辨尽诸家体制，然后不为旁门所惑。"严羽认为，辨别诗体是学诗的第一关，由辨体以立识，再由"识"入"悟"，而后通过"妙悟"导致诗中"兴趣"，这就构成了一个完整的艺术活动的过程，从而也构成了他论诗的圆融贯通的体系。

严羽的《沧浪诗话》的理论是对宋诗的全盘否定。严羽指责宋人以议论为诗，缺乏"兴致"和"气象"。他说得虽然有些道理，但更多的是从自我的好恶出发作出的选择。尽管如此，此作仍不失为一部体系完密而具有多方面建树的诗歌理论专著。

在《沧浪诗话》中，严羽对古代诗歌的历史演变，尤其是唐诗和宋诗所提供的正反两方面的经验，作了深入的探讨和总结。

严羽又以禅喻诗，将禅宗中的

"妙悟"理论运用于诗歌创作中，巧妙地论述了诗人由"熟读""熟参"的渐修学习到灵感爆发、突然领悟的顿悟瞬间，再到悟后自然浑融的"透彻"之境这一学诗作诗过程。

总之，严羽的《沧浪诗话》还全面地展开了诗歌创作、诗歌批评、诗体辨析、诗歌素养等理论。这些理论互有联系，合成一部体系严整的诗歌理论著作，这在诗话发展史上是空前的。因此，《沧浪诗话》对后世的诗歌理论产生了深远的影响，成为研究我国诗学的重要理论专著。

### 拓展阅读

事实上，"以禅喻诗"在宋代是一种常见的论诗方法。当时的士大夫们都喜好参禅论道，因此，宋代诗人、诗论家借参禅来谈诗的人很多。但是，一般的"以禅喻诗"还没有上升为系统的理论。严羽在《沧浪诗话》中集"以禅喻诗"之大成，并以明确的理论意识使用了这种方法。

严羽的《沧浪诗话》给后世留下了许多玄思，也开启了"以禅喻诗"更为广泛的诗论方向，尤其是为意境理论的发展奠定了一个新的里程碑。

# 诗学与美学的论著——原诗

明末崇祯年间的1627年农历九月二十九日，南京国学署的叶家诞生了一个男孩，名叫叶燮。

叶家是一个崇尚气节而又有着深厚家学渊源的家族。叶氏家族一向注重子女的文化教育和道德修养，因此，家族中名人辈出，有"吴中叶氏、天下望族"之誉。

叶燮的父亲叶绍袁是晚明文坛重要作家，母亲沈宜修则是明末最杰出的女诗人。叶燮原名世倌，字星期，是叶绍袁的第六个儿子。

聪慧的叶燮，4岁时便跟随父亲叶绍袁读诵《楚辞》，他过目即能背诵，被人们传为美谈。5岁时，叶燮与兄长们一起进入叶家的书斋读书，由

父亲叶绍袁亲自教导。

　　幸福的时光很快就过去了。在叶燮8岁时，兄姐们相继夭折，而且母亲沈宜修也积劳成疾，一病不起。家庭的变故，促使叶燮在思想上迅速早熟，诗歌创作也有了突飞猛进的发展。

　　清兵大举入关后，叶燮和3个兄弟跟随父亲开始了居无定所，出没飘摇的流亡生涯。南明弘光年间，叶燮参加了嘉兴府的科举考试考秀才，高中第一。他的应试文章得到了主考官的高度评价。

　　1647年，叶燮的父亲病逝，在料理完父亲的丧事后，叶燮隐居横山。叶燮在横山一住20多年，除了出门游历或教学生之外，他几乎闭门不出，把全部心思都放在博览古今典籍上。

　　随着清王朝的逐步稳固，胸怀大志的叶燮，决定走科举出仕之路，做一番人生大事业。为了准备参加科举考试，叶燮在大量阅读"经史子集"等典章时，还把读书过程中的一些思考，写成策论式的文章。

在经过精心的准备后，叶燮在科举考试中一帆风顺，在1666年的乡试中考中举人，1670年又考取进士。1675年，49岁的叶燮怀着为国为民干点有益事业的理想，出任了宝应知县，开始了他的仕途生涯。

叶燮到任之时，宝应县境满目疮痍，百废待兴，他接任后，立即着手整顿吏治，兴修水利驱除水患。

作为诗人，叶燮在繁忙的公务政事之余，还写下了反映宝应民生疾苦的史诗《纪事杂诗十二首》。

叶燮的这些诗稿，在宝应文人中迅速流传开来，一批正直的文人被他的人品、文品所感动，不约而同地汇集起来，用诗人的敏感和率真，写出了一批反映当时社会现实的作品。这一时期，也是清初宝应诗人最活跃的时期，风雅盛极一时，史称"白田风雅"。

尽管叶燮在宝应清廉自守、政绩斐然，得到人民的爱戴，但他耿直的性格也得罪了一些官僚。因此，他最终罢官而去。

罢官之后的叶燮，深知以自己的个性无法在官场立足，于是，他便萌发了游历山川的想法。于是，叶燮回到横山安顿好家眷之后，带上简易的行李，开始了名山大川之行。

祖国的壮丽河山，既给叶燮的精神以美好的陶冶，又使他开阔了视野，拓展了心胸，提高了思想境界。最终，叶燮跳出了自己荣辱得失的考虑，他变得更加热爱生活。

在游历中，叶燮有更多的机会接触下层人民，这既增加了他的生活阅历，又极大地丰富了他的诗文创作的题材。这一时期，是叶燮诗歌创作的多产期，除了和友朋之间的唱酬外，更多的是感悟山水的心得，以及反映下层劳动人民甘苦的纪实作品。这些诗作很快流传开来，在当时的诗坛产生了较大影响。

在游历中，叶燮也有机会广泛接触全国各地文化学术界的一些名

流。友朋之间对诗歌创作的讨论切磋、批评辩驳，使叶燮对当时诗坛现状有了较清晰的认识。特别是对当时诗坛的流弊，叶燮觉得有必要加以矫正，这一切，触动了叶燮诗歌评论写作的想法。

叶燮在游学过程中，对当时诗坛盛行的刻板模仿和复古之风十分不满。为了宣扬自己的诗歌理想，叶燮回到横山后，开始招收学生，设馆授徒，系统地教授自己的诗学观点，讲解诗歌理论，指导诗歌创作。与此同时，在教学之余，他还写下了诗论著作《原诗》。

《原诗》分内外两篇，每篇分上、下两卷，共4卷。内篇是诗歌原理，其中上卷讨论诗的发展，下卷讨论诗的创作。外篇为诗歌批评，主要评论诗歌创作技巧。

关于诗的发展，叶燮主张文学是在不断进化的。在《原诗》的第一部分，他论述了诗歌在各个时期的盛与衰，他试图对我国古典诗歌

史作出全新的评价。

叶燮把诗歌的历史比作一条河，从中区分出"源"与"流"。"源"就是我国最早的诗作《诗经》中的305首诗。诗歌的"流"又分成"盛"与"衰"、"正"与"变"等不同的阶段。

叶燮认为，诗歌的历史是盛与衰这两个阶段相互交替的过程，诗歌在这个历史进程中，将不断向更好、更丰富多样的状态进化。

叶燮指出，诗歌在形式和内容上如果固守某些正统的体系，必然会由呆板而变得陈旧过时。相反，变化的时代则是真正的创造时期，最终会给诗歌带来新的兴盛。他认为：

> 且夫《风雅》之有正有变，其正变系乎时，谓政治风俗之由得而失，由隆而污。此以时言诗；时有变而诗因之。时变而失正，诗变而仍不失其正，故有盛无衰，诗之源也。吾言后代之诗，有正有变，其正变系乎诗，谓体格、声调、命意、措辞、新故升降之不同。此以诗言时，诗递变而时随之。故有汉、魏、六朝、唐、宋、元、明之互为盛衰，惟变以救正之衰，故递衰递盛，诗之流也。

在这段论述中，叶燮以时代以及诗自身的发展这两个条件出发，论述了诗的进化，解释了"正"与"变"是如何相互需要的。在此，叶燮在继承与革新、古与今的统一关系上，提出了比较全面的看法。

在明代时，拟古主义者们将某一时代的诗歌奉为最高典范，进行"临帖式"的模仿。到了清代初年，仍有"模棱汉魏，貌似盛唐"的不良诗风。于是，叶燮在《原诗》的开始，就对拟古主义者滥用陈言、一味模仿古代的圣贤提出强烈驳斥：

> 俞尝自谓"陈言之务去"，想其时陈言之为祸，必有出于目不忍见、耳不堪闻者。使天下人之心思智慧，日腐烂埋没于陈言中，排之者比于救焚拯溺，可不力乎！而俗儒且栅栅然俎豆俞所斥之陈言，以为秘异而相授受，可不哀耶。
>
> 惟有明末造，诸称诗者专以依傍临摹为事，不能得古人之兴会神理，句剽字窃，依样葫芦。如小儿学语，徒有喔咿，声音虽似，都无成说，令人吼而却走耳。

在评价我国诗歌史时，叶燮秉持了与袁宏道、李贽、钱谦益，以及王士禛等学者极为相似的立场，认为诗歌在每一个时期都有各自的

优点，而不像明末清初的一些诗歌流派那样，只推崇唐、宋的诗歌。

关于诗的创作，在《原诗·内篇下》中，叶燮先提出了诗歌创作的基本要素，那就是胸襟、材料、匠心和文辞。

在如何学会作诗这个问题上，叶燮认为仅仅靠熟读古诗是不行的。他用一个比喻解释了他的观点。他说诗歌创作如同盖房子，要经过5个不同的步骤，即奠基、集材、匠心、设色、寻求变化。而且，叶燮认为，第一步奠基最为重要。

叶燮借用杜甫的说法，提出写诗的基础是"胸襟"。叶燮十分推崇杜甫，是因为杜甫有悲天悯人的"胸襟"，那就是，杜甫在诗歌中大量流露的儒家的恻隐之心，以及对国家和人民的关心，也因为杜甫的写作技巧和独特匠心。

叶燮认为，基础打好之后，就必须去收集材料，当然是质量最好的材料。他这样写道：

则夫作诗者，既有胸襟，必取材于古人，原本于《三百篇》、《离骚》，浸淫于汉、魏、六朝、唐、宋诸大家，皆能会其指归，得其神理。以是为诗，正不伤庸，奇不伤怪，丽不伤浮，博不伤僻，决无剽窃吞剥之病。

如同上乘木材需经艺人的巧手才能变成坚实、漂亮的房子一样，诗的素材也必须运用匠心才能把它变成好诗，他继续写道：

此非不足于材，有其材而无匠心，不能用而枉之之故也。夫作诗者，要见古人自命处、着眼处、作意处、命辞处、出手处，无一可苟。而痛去其自己本来面目，如医者之治结疾，先尽荡其宿垢，以理其清虚，而徐以古人之学识神理充之。久之而又能去古人之面目，然后匠心而出。

如同房子平淡就没有吸引力一样，诗歌如果写的不生动也是如此：

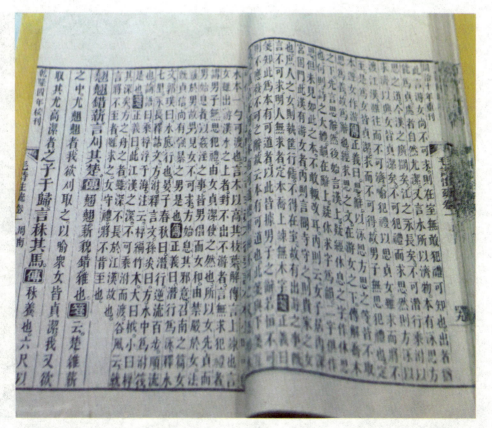

夫诗，纯淡则无味，纯朴则近俚，势不能如画家之有不设色。古称非文辞不为功；文辞者，斐然之章采也。必本之前人，择其丽而则，典而古者，而从事焉，则华实并茂，无夸缛斗炫之态，乃可贵也。

同时，叶燮认为，胸襟、材料、匠心、文辞，这些因素可以通过后天的学习形成。叶燮还提出，诗歌必须包含理、事、情、气，而诗人也必有识、胆、才、力，才能创作出流传久远的诗作。

叶燮认为，诗歌所表现的内容应是客观的事物的"理、事、情"。他说：

曰理，曰事，曰情三语，大而乾坤以之定位，日月以之
运行，以至一草一木一飞一走，三者缺一，则不成物。文章
者，所以表天地万物之情状也。

在这里，叶燮把外在世界物质方面同诗人的主观或个人品质区分
开来，客观的、物质的方面是"理"，也就是原则，"事"也就是事
实，"情"也就是情状。他认为，在诗歌中，"理"和"事"是说诗
歌要合乎道理、合乎实际，"情"指的是诗歌的特别情状或特征。

与诗歌这3个客观或物质的方面相匹配的，是诗人所应具备的4个
主观或个人的品质也就是才、胆、识、力。这4个品质同3个物质方面

结合起来就可以作诗。关于这四者，叶燮是这样说的：

> 大凡人无才，则心思不出；无胆，则笔墨畏缩；无识，
> 则不能取舍；无力，则不能自成一家。

　　叶燮所说的"才"，是指人的才华，就是诗人的思路敏捷，想象力丰富，高超的语言表达能力。"胆"是指人的胆略勇气，表现在诗歌创作中，就是能摆脱前人藩篱，敢于独立思考，挥洒自如的创新精神。"识"是指诗人辨析能力，明白是与非、美与丑、黑与白。"力"是指诗人表达自己才能、思想、见识的能力和自成一家的笔力。在这4种品质中，他认为"识"最重要：

> 使无识，则三者俱无所凭毛。无识而有胆，则为妄、
> 为卤莽、为无知，其言背理、叛道、蔑如也。无识而有才，

虽议论纵横，思致挥霍，而是非淆乱，黑白颠倒，才反为累矣。无识而有力，则坚辟、妄诞之辞，足以误人而惑世，为害甚烈。

在这里，叶燮强调了艺术上的独特见解对于艺术创作的重要作用。"识"让诗人认识到世界和诗歌中的理、事、情。

对于诗人的这4种主观品质，叶燮总结说：

夫内得之于识而出之而为才，惟胆以张其才，惟力以克荷之。

"才胆识力"说和"理事情气"说是叶燮创作论的核心，不仅阐明了创作主体必须有的基本素养，而且指出诗歌的基本属性，对诗歌

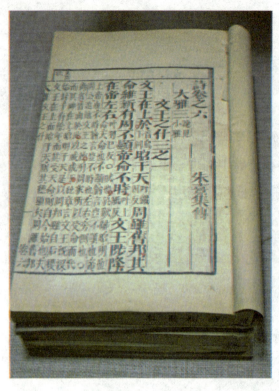

创作具有指导意义。

在《原诗》中，叶燮还讨论了诗歌的诗法问题。叶燮把诗法分为"死法"和"活法"。

叶燮认为，"死法"就是"定位"，是指诗歌的句法章法，是诗歌创作的基本法则，如音律以及律诗、绝句的做法，以及诗歌对仗，或每首诗各联的起、承、转、合的要求。

"活法"是指诗人运用"匠心"、"神明"、"巧力"自由组织诗篇的一种创作路径，也就是他说的"虚名"。"虚名"要以"定位"为基础，在体格、声调、苍老、波澜等形式和原则之外，去表现客观对象的理、事、情，做到内容和形式的完美结合，要以性情、胸襟、才调，去领会古人诗歌的章法布局和所要表达的内在道理，做到创作的灵活。

叶燮认为，"死法"毫无用处可言，因为随着历史与文学的变化，以前有效的东西发展到后来就不再有效。以前的圣人有他们自己的法则，但后来的诗人也必须遵循当时的法则。如果坚持老的方法，诗歌就不会充分表达诗人的灵性或时代的状况。

叶燮认为，"活法"就是活的"自然之法"，藏于宇宙深奥的内在规则之下，只有在自然界大变动时才可以观察到。在诗歌里，"活法"体现于诗人的"匠心变化"中而言语却不能表达。

叶燮的《原诗》面世后，对清初诗坛复古诗风的转变，起到了很大的促进作用。而且，叶燮的《原诗》在论述诗歌发展以及创作主客体要素的分析过程中，表现出的理论性和系统性，对我国古代诗学发展有重要的总结作用。

可以说，《原诗》中的辩证法思想，在我国古典诗歌批评史上，占有重要的地位。因此，叶燮的《原诗》也被认为是继《文心雕龙》之后，我国文艺理论史上最具逻辑性和系统性的一部理论专著。

**拓展阅读**

自叶燮在横山开办了学校后，他的清高气节和渊博学识赢得了吴地许多学子的爱戴，成为他们崇拜的偶像，各地的学生们都纷纷来跟他学习，叶燮便纳天下英才而育之。

与此同时，叶燮的同学，另一位有名的学者汪琬，也在横山不远处的尧峰山下，开办了一所学校。汪琬招收了数百学生，学校里书声琅琅，叶燮那里也是"远近从学者亦负笈踵来，馆为之满"。一时间，横山地区形成了一种竞学的风气。

# 文艺美学之作——人间词话

清光绪年间的1877年12月 3 日，太阳刚刚升起的时候，在浙江省海宁县城双仁巷的王家院子里，随着一声不算嘹亮的男婴啼哭，一个

男孩来到世间。父亲王乃誉高兴地给刚刚出生的儿子取名为王国桢。这个男孩后来改名叫王国维。

在王国维2岁时，母亲凌夫人就因病去世了。由于缺少母爱的关怀，王国维忧郁的品性便逐渐养成，以致他后来在观察世界和审视自身时始终怀有一种悲剧情怀。

王国维生活在一个富有文化修养的家庭里。父亲王

乃誉是一个勤勉好学的人，他早年学习经商。在空闲时，他还广学多闻，每天以攻读钻研诗词歌赋与金石书画为乐。王乃誉这种勤勉的自学精神和广泛的兴趣爱好，对少年王国维产生了极大的影响。

王乃誉希望儿子王国维在科举道路上获取成功。于是，在王国维7岁时，王乃誉便把儿子送到当地有名的塾师潘绥昌、陈寿田等先生处学习。

王国维自幼聪颖好学，在9年私塾学习和父亲的严格教养下，发愤苦读，博览群书，他不仅学习了传统文化的精髓，而且初步接触到当时从西方传来的新兴科学文化知识和维新思想，渐渐形成了自己的志向和兴趣。

1892年，在海宁州的岁试中，王国维不负父亲的期望，取得了好成绩。在考入州学后，偏好金石文史的王国维，并没有把主要精力准备应试，而是博览群书，对史学、校勘、考据等学术研究和西方的文

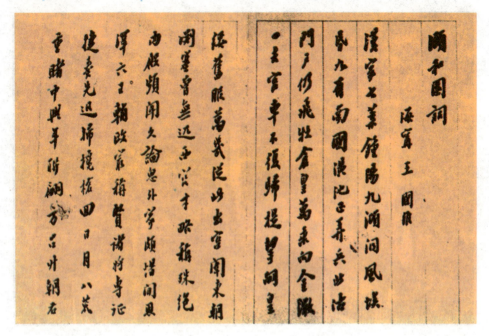

化产生了兴趣。

　　王国维虽然在州学期间不务"正学"，但他对来年的府试还是满怀希望的。但在1892年杭州参加府试时，成绩却不尽如人意。1893年7月，王国维再次前往杭州参加考试。然而，他这次竟然没有考完就离开了考场。

　　1894年，王国维的父亲又安排他进入杭州崇文书院就读。不过，已对科举及第失去兴趣的王国维，对崇文书院主要教授八股文的课没什么兴趣，不久他便离开杭州崇文书院回到海宁。

　　甲午战争以后，大量的西方文化科学传入我国，一时间，"家家言时务，人人谈西学"，一批批青少年开始走出国门，留学日本或欧美，这使壮怀激烈的王国维更加坐卧不宁。

　　王国维和当时的许多年轻人一样，在接触到新的文化和思想后，也渴望有一天能出国留学。但是，因为家里没钱供他外出留学，王国维只好在家乡的私塾辗转任教。

1898年，22岁的王国维在同乡的推荐下，到上海《时务报》馆当了书记校对。在这期间，王国维利用业余时间到金石学家罗振玉办的一所培养日语翻译人才的学校"东文学社"学习外交与西方近代科学。

在学习期间，王国维对西方哲学产生了极大的兴趣，而且得到了罗振玉的格外赏识。1901年，王国维在罗振玉资助下赴日本留学。1902年，王国维因病从日本归国。

从日本回国时，王国维便立志要从事哲学研究。回国后，王国维通过各种途径，包括直接从海外邮寄购买了许多哲学书籍，如文德尔彭的《哲学史》、巴尔善的《哲学概论》、海甫定的《心理学》、耶芳斯的《逻辑学》和翻尔彭的《社会学》，以及他早已神往的康德的《纯理批评》与叔本华的《意志及表象之世界》等。

由于当时这些西方哲学名著还没有中文译本，所以王国维要想深悟其中的意义，这个难度比他自学英语的难度更大，好在他可以参照一些日文译本进行解析。

这时，26岁的王国维天天遨游于西方先哲那深邃奥妙的哲学世界。王国维把这一时期称为"兼通世界之学术"的"独学"时期。

在这段时间，王国维不仅研究了康德、叔本华、尼采等英法诸家的哲学，还结合我国先秦诸子及宋代理学，研究了西方伦理学、心理学、美学、逻辑学、教育学等学科。

与此同时，王国维在罗振玉办的《教育世界》上发表了大量译作，介绍了大量近代西方学人及国外科学、哲学、教育学、美学、文学等领域的先进思想，得到了教育界人士的普遍关注。

后来，王国维在罗振玉推荐下到南通师范、江苏师范学校，讲授哲学、心理学、伦理学等课程。

1906年，王国维又随罗振玉来到北京，担任清政府学部总务司行走、图书馆编译、名词馆协韵等职。在此期间，王国维开始研究外国文学。

同时，在国内刊物上发表文章，介绍了俄罗斯文学家托尔斯泰、英国19世纪浪漫主义诗人拜伦等人及他们的作品，并对莎士比亚、但丁、歌德等进行了介绍和比较。

同时，王国维还对我国的美学和词学等进行了研究。王国维的

《人间词话》就写在这段时间。

《人间词话》是王国维运用我国传统词话方式所写的一部文学批评著作，也是他接受了西洋美学思想的洗礼后，以崭新的眼光来评论我国古文学的论著。

但是，王国维没有受西方理论局限的影响，而是力求运用自己的思想见解，把某些西方思想中的重要概念，融入我国固有的传统文学批评中。

在《人间词话》中，王国维共收录词话64则，大致可以分为3个部分。王国维先是对词学理论中"境界说"进行阐述；然后以时代为脉络，通过对历代词家作品解析，对如何创造"境界"以展示诗词魅力进行了分析；最后

又通过对历代文学体式演进过程的解析，作为对他的词学理论"境界说"的补充和延伸。

王国维的《人间词话》是我国第一部将西方美学与我国古典美学融会贯通的文论著作。《人间词话》吸收了康德和叔本华的美学思想，并使这些思想与传统美学相融合，提出一套系统的美学观，也就是王国维的核心思想"境界说"。

在《人间词话》中，王国维用"境界说"统领其他论点，"境界说"既是全书的脉络，又沟通书中全部观点。王国维不仅把"境界说"视为创作原则，也把它当作批评标准，他在论断诗词演变、评价词人得失、作品优劣、词品高低时，都从"境界"出发给予评论。

在《人间词话》中，王国维认为"词以境界为上"。他还进一步提出了写境与造境、有我之境与无我之境、景语与情语、隔与不隔，以及对宇宙人生的"入乎其内"与"出乎其外"等观点。他在作家修养、创作方法、写作技巧等方面，也都有精辟独到的见解。

在《人间词话》里，王国维说的"境界"主要包括词艺术境界和人生境界。关于词的艺术境界，在第一则中，他说：

> 词以境界为最上。有境界则自成高格，自有名句。五代、北宋之词所以独绝者在此。

文章开篇，王国维便首先把自己的核心论点展现在人们面前，那就是，境界是诗词的灵魂。他提出"高格"和"名句"是构成作品境界形式的两个条件。"高格"指超逸的风格，有超逸的风格才能感自己之感、言自己之言。"名句"指作品的语言灵魂，有篇有句，文章的神貌才相依有生气，有篇无句，文章则空洞枯槁。

在第六则中，王国维说：

境非独谓景物

也，感情亦人心中之一境界。故能写真景物、真感情者谓之
有境界，否则谓之无境界。

　　王国维在这里提出"真景物"和"真感情"，是构成作品境界内
容另外两个条件。景物与感情交融，真实真切，则凝成作品的境界。
　　在《人间词话》第七则，王国维举具体诗句为例，指出"境界"
是如何通过语言表现的：

　　　　"红杏枝头春意闹"，著一"闹"字而境界全出。"云
破月来花弄影"，著一"弄"字而境界全出矣。
　　　　"红杏枝头"、"云破月来花影"为真景物，拟人格的
"闹"字和"弄"字则将景物人情化，物境、情境交融一

体，于是"境界全出矣"。

　　王国维的"境界"说，为什么看重"真景物真情感"呢？因为感情与景物交融，会转化为景物的图像，这种图像最容易被人们的直观感受所把握，与人的内心情感相交融，幻化出情景浑然一体的"意境"。这就是王国维所说的"意与境浑"的文学艺术境界。

　　王国维认为，文学艺术境界的特征有"造境"、"写境"与"有我之境"、"无我之境"。无论是哪一种状态，从深层结构来看都存在虚与实的辩证关系。

　　关于"造境"与"写境"，王国维在《人间词话》第二则中说：

　　　　二者颇难区别，因大诗人所造之境必合乎自然，所写之
境必邻于理想故也。

在第五则中，王国维又说：

"造境"抟虚成实，使诗境里有空间，有流动，有生命气息；"写境"化实入虚，使诗境里有深情，有深意，有生命哲思。虚实相映，境界出。

关于"有我之境"与"无我之境"，王国维在《人间词话》第三则中说：

有有我之境，有无我之境。"泪眼问花花不语，乱红飞过秋千去。""可堪孤馆闭春寒，杜鹃声里斜阳暮。"有我之境也。"采菊东篱下，悠然见南山。""寒波澹澹起，白鸟悠悠下。"无我之境也。

有我之境，以我观物，故物皆著我之色彩。无我之境，以物观物，故不知何者为我，何者为物。古人为词，写有我之境者为多，然未始不能写无我之境，此在豪杰之士能自树立耳。

在这里"无我之境"达到的是一种外境与人的统一，也就是"我即宇宙，宇宙即我"，也可以说"我为万物，万物为我"。这就是王国维认为的真正的"无我之境"。

在《人间词话》第四则中，王国维又说：

> 无我之境，人惟于静中得之。有我之境，于由动之静时得之。故一优美，一宏壮也。"有我之境"由实入虚，情思与景物缠绕，理想与现实映照，所以"宏壮"；"无我之境"并非完全无我，只是虚实两浑，已达忘我之境、自由之境，所以"优美"。

艺术境界中的这种虚实

结构，不仅显示了艺术灿烂的美，更揭示了它的深度。艺术境界中的虚实相映，道艺合一，也正是我国文学艺术境界特有的文学的魅力。这种文学魅力不止在于描绘美本身，让人看见美，更在于揭示美的力量，激励人、引导人，透过艺术境界抵达人生境界，把握生命存在。

王国维以辩证的眼光洞见了文学艺术中这种虚实相生，而凝结为意、境两浑的"境界"，于是，追求"境界"就浸染了寻求人生之"道"的底色。

人生境界，也就是人类追求生命所能达到的精神高度。这种境界人们常常用具体物象表达于艺术境界中。王国维用3种"境界"来揭示了人生境界的层次与特征。

在《人间词话》第二十六则中，王国维提出了3种境界：

古今之成大事业、大学问者，必经过三种之境界：

"昨夜西风凋碧树，独上高楼，望尽天涯路"，此第一境也。

"衣带渐宽终不悔，为伊消得人憔悴"，此第二境也。

"众里寻他千百度，回头蓦见，那人正在灯火阑珊处"，此第三境也。

　　这则词话充分显示了王国维对词句的哲学理解方式，也就是把词句的意境升格到人生的境界。第一境是直观，第二境是反思，第三境是领悟。从直观到反思到领悟，这是一种真切的生命体验，是精神意志的灌注，是诗意的凝结。这3种境界为生命设定了气息充盈的坐标，它使人突破自身生命的惰性，引导人抵达一种充满诗意的人生智慧之境。

　　《人间词话》中的第64则，是王国维写词的心得，也是他的艺术观的总结，文章虽短，但字字珠玑。

　　王国维的《人间词话》是晚清以来最有影响的文学理论著作之

一。在我国美学和文学思想史上，《人间词话》既集我国古典美学和文学理论之大成，又开现代美学和文学理论之先河，起到了承上启下、继往开来的作用。因此，王国维被誉为"我国近三百年来学术的结束人，最近八十年来学术的开创者"。

王国维的《人间词话》在中西文艺思想交流融合的道路上迈出了坚实的一步。因此，他的《人间词话》受到了国内外学者的普遍重视，影响深远。

## 拓展阅读

王国维学识博大精深，他不仅懂日、英、法等文，还先后在哲学、文学、戏曲史、甲骨文、古器物、殷周史、汉晋木简、汉魏碑刻、汉唐史、敦煌文献及西北地理、蒙古史、元史、图书管理学、版本目录学等学科研究中做出过重大贡献。

王国维一生的著述非常多，著名的有《曲录》、《宋元戏曲考》、《人间词话》、《静安文集》、《殷周制度论》、《王国维诗词全编》、《〈红楼梦〉评论》等。在我国文化史上留下精彩篇章。